Мальчик на вершине горы

John Boyne

The Boy At The Top Of The Mountain

Джон Бойн

Мальчик на Вершине Горы

phantom press
Москва

УДК 821.111
ББК 84(4Вел)
Б72

THE BOY AT THE TOP OF THE MOUNTAIN by John Boyne
Copyright © 2015 by John Boyne

Все права защищены

Книга издана с согласия автора и при любезном содействии литературного агентства Andrew Nurnberg.

Издатель выражает признательность за финансовую поддержку Ireland Literature Exchange (Фонд перевода), Дублин, Ирландия.
www.irelandliterature.com
info@irelandliterature.com

Бойн Джон
Б72   Мальчик на вершине горы: Роман. — Пер. с англ. Марии Спивак. — М.: Фантом Пресс, 2022. — 336 с.

Новый роман автора «Мальчика в полосатой пижаме». В Париже живет обычный мальчик Пьеро. Мама у него француженка, а папа — немец. Папа прошел Первую мировую и был навсегда травмирован душевно. И хотя дома у Пьеро не все ладно, он счастлив. Родители его обожают, у него есть лучший друг Аншель, с которым он общается на языке жестов. Но этот уютный мир вот-вот исчезнет. На дворе вторая половина 1930-х. И вскоре Пьеро окажется в Австрии, в чудесном доме на вершине горы. Пьеро теперь будет зваться Петер, и у него появится новый взрослый друг. У нового друга усы щеточкой, прекрасная дама по имени Ева и умнейшая немецкая овчарка Блонди. Он добрый, умный и очень энергичный. Только почему-то прислуга до смерти его боится, а гости, бывающие в доме, ведут разговоры о величии Германии и о том, что всей Европе пора узнать об этом.

Пронзительный, тревожный и невероятно созвучный нашему времени роман, ставший, по сути, продолжением «Мальчика в полосатой пижаме», хотя герои совсем иные.

ISBN 978-5-86471-716-5
© Мария Спивак, перевод, 2015
© «Фантом Пресс», оформление, 2016
© «Фантом Пресс», издание, 2016, 2017, 2018, 2019, 2020, 2021, 2022

*Моим племянникам
Мартину и Кевину*

Часть 1

1936

Глава 1

Три красных пятнышка на носовом платке

Хотя папа Пьеро Фишера погиб не на Великой войне, мама Эмили всегда утверждала, что именно война его и убила.

Пьеро был не единственный семилетний ребенок в Париже, у кого остался только один родитель. В школе перед ним сидел мальчик, который вот уже четыре года не видал матери, сбежавшей с продавцом энциклопедий, а главный драчун и задира класса, тот, что обзывал миниатюрного Пьеро Козявкой, вообще обретался у бабки с дедом в комнатке над их табачной лавкой на авеню де ла Мот-Пике и почти все свободное время торчал у окна, бомбардируя прохожих воздушными шариками с водой и наотрез отказываясь признаваться в содеянном.

А неподалеку, на авеню Шарль-Флоке, в одном доме с Пьеро, но на первом этаже, жил его лучший друг Аншель Бронштейн с мамой, мадам Бронштейн, — папа у них утонул два года назад при попытке переплыть Ла-Манш.

Пьеро и Аншель появились на свет с разницей в неделю и выросли практически как братья — если одной маме нужно было вздремнуть, другая присматривала за обоими. Но в отличие от большинства братьев мальчики не ссорились. Аншель родился глухим, и друзья с малых лет научились свободно общаться на языке жестов, взмахами ловких пальчиков заменяя слова. Они и вместо имен выбрали себе особые жесты. Аншель присвоил Пьеро знак собаки, поскольку считал его и добрым, и верным, а Пьеро Аншелю, самому, как все говорили, сообразительному в классе, — знак лисы. Когда они обращались друг к другу, их руки выглядели так:

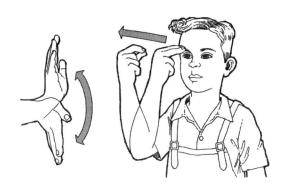

Они почти всегда были вместе, гоняли футбольный мяч на Марсовом поле, вместе учились читать и писать. И до того крепка стала их дружба, что, когда мальчики немного подросли, одному лишь Пьеро Аншель разрешал взглянуть на рассказы, которые писал по ночам у себя в комнате. Даже мадам Бронштейн не знала, что ее сын хочет стать писателем.

Вот это хорошо, протягивая другу стопку бумаг, показывал Пьеро; его пальцы так и порхали в воздухе. *Мне понравилось про лошадь и про золото, которое нашлось в гробу. А вот это так себе,* продолжал он, отдавая вторую стопку. *Но только из-за твоего ужасного почерка, я не все сумел разобрать... А это,* заканчивал Пьеро, размахивая третьей стопкой, как флагом на параде, *это полная чушь. Это я бы на твоем месте выкинул в помойку.*

Я хотел попробовать что-то новое, показывал Аншель. Он ничего не имел против критики, но не понравившиеся рассказы защищал порою довольно яростно.

Нет, возражал Пьеро, мотая головой. *Это чушь. Никому не давай читать, не позорься. Подумают еще, что у тебя шарики за ролики заехали.*

Пьеро тоже привлекала идея стать писателем, но ему не хватало терпения сидеть часами, выводя букву за буквой. Он предпочитал устроиться на стуле перед Аншелем и, бурно жестикулируя, выдумывать что-нибудь на ходу или описывать свои школьные эскапады. Аншель внимательно смотрел, а после, у себя дома, перекладывал его рассказы на бумагу.

— Так это я написал? — спросил Пьеро, впервые получив и прочитав готовые страницы.

— Нет, написал я, — ответил Аншель. — Но это твой рассказ.

Эмили, мать Пьеро, уже редко упоминала в разговорах отца, хотя мальчик думал о нем постоянно. Еще три года назад Вильгельм Фишер жил с семьей, но в 1933-м, когда Пьеро было почти пять лет, уехал из Парижа. Пьеро помнил, что отец был высокий и носил его по улице на плечах, а еще умел ржать как лошадь и временами даже пускался в галоп, отчего Пьеро непременно заходился в восторженном визге. Отец учил мальчика немецкому языку, чтобы тот «не забывал свои корни», и всячески помогал осваивать пианино; правда, Пьеро хорошо понимал, что по части исполнительского мастерства и в подметки папе не годится. Тот своими народными мелодиями часто доводил гостей до слез, особенно если еще и подпевал негромким, но приятным голосом, в котором звучали печаль и тоска по прошлому. Пьеро нехватку музыкальных талантов компенсировал способностями к языкам: он без труда переключался с папиного немецкого на мамин французский.

А коронным его номером было исполнение «Марсельезы» по-немецки и тотчас — «Германия превыше всего» по-французски, правда, гостей это иногда огорчало.

— Больше, пожалуйста, так не делай, Пьеро, — попросила мама однажды вечером, когда его выступление привело к недоразумению с соседями. — Если хочешь быть артистом, научись чему-то другому. Жонглируй. Показывай фокусы. Стой на голове. Что угодно, только не пой по-немецки.

— А что плохого в немецком? — удивился Пьеро.

— Да, Эмили, — подхватил папа, который весь вечер просидел в кресле в углу, выпил слишком много вина и, как обычно, впал в хандру, вспомнив о всех тех ужасах, что вечно были при нем, не оставляли, преследовали. — Что плохого в немецком?

— Тебе не кажется, что уже хватит, Вильгельм? — Мама повернулась к нему, сердито подбоченясь.

— Хватит чего? Хватит твоим друзьям оскорблять мою страну?

— Никто ее не оскорблял, — отрезала мама. — Просто люди никак не могут забыть войну, вот и все. Особенно те, чьи любимые так и остались лежать на полях сражений.

— Но при этом они вполне могут приходить в мой дом, есть мою еду и пить мое вино?

Папа дождался, пока мама уйдет на кухню, подозвал Пьеро и обнял его, привлекая к себе.

— Настанет день, и мы вернем свое, — твердо сказал он, глядя мальчику прямо в глаза. — И тогда уже не забудь, на чьей ты стороне. Да, ты родился во Франции и живешь в Париже, но ты немец до мозга костей, как и я. Помни об этом, Пьеро.

Иногда папа просыпался среди ночи от собственного крика, его вопли эхом носились по пустым и темным коридорам квартиры. Песик Пьеро по кличке Д'Артаньян в ужасе выскакивал из своей корзинки, взлетал на кровать и, дрожа всем тельцем, ввинчивался к хозяину под одеяло. Тот натягивал одеяло до подбородка и сквозь тонкие стенки слушал, как мама успокаивает папу, шепчет: *все хорошо, ты дома, с семьей, это просто дурной сон.*

— Да, только это не сон, — ответил как-то отец дрожащим голосом, — а гораздо хуже. Воспоминания.

Бывало, что ночью Пьеро по пути в туалет видел из коридора: отец сидит на кухне, уронив голову на деревянный стол, и еле слышно что-то бормочет, а рядом валяется пустая бутылка. Тогда мальчик хватал бутылку и босиком несся вниз, во двор, и выбрасывал бутылку в мусорный бак, чтобы мама наутро ее не нашла. И обычно, когда он возвращался, папа каким-то образом уже оказывался в постели.

На следующий день ни отец, ни сын словно бы ничего не помнили.

Но однажды Пьеро, спеша во двор со своей ночной миссией, поскользнулся на мокрой лестнице и упал; не ушибся, но бутылка разбилась, и, вставая, он наступил левой ногой на острый осколок. Морщась от боли, Пьеро вытащил стекляшку, однако из пореза так и хлынула кровь; он допрыгал до квартиры, стал искать бинт, и тут проснулся папа и понял, чему стал виной. Продезинфицировав и тщательно забинтовав рану, он усадил сына перед собой и попросил прощения за то, что столько пьет. Затем, утирая слезы, сказал Пьеро, что очень его любит и подобных историй больше не допустит.

— Я тоже тебя люблю, папа, — ответил Пьеро. — Но я люблю, когда ты катаешь меня на плечах, как лошадка. И не люблю, когда ты сидишь на кухне и не хочешь разговаривать ни со мной, ни с мамой.

— Я тоже этого не люблю, — пробормотал папа. — Но иногда меня как будто бы накрывает черная туча, из которой мне никак не выбраться. Потому я и пью. Чтобы забыть.

— Что забыть?

— Войну. Что я там видел. — Он закрыл глаза и прошептал: — Что я там делал.

Пьеро сглотнул и спросил, хотя ему уже и не хотелось знать:

— А что ты там делал?

Папа печально улыбнулся.

— Неважно что, главное — на благо своей страны, — сказал он. — Ты ведь понимаешь, да?

— Да, папа. — На самом деле Пьеро не очень-то понимал, о чем речь, но папа должен знать, какой он отважный. — Я тоже стану солдатом, чтобы ты мной гордился.

Отец посмотрел на сына и положил руку ему на плечо.

— Главное — правильно выбрать сторону, — изрек он.

И почти на два месяца забыл о бутылке. А потом столь же стремительно, как и бросил, — вернулась черная туча — запил снова.

Папа работал официантом в местном ресторанчике, уходил по утрам около десяти, возвращался в три и снова уходил уже к вечерней смене. Однажды он вернулся в прескверном настроении и сказал, что к ним зашел пообедать некий Папаша Жоффре, причем уселся за его столик; папа не собирался его обслуживать, но хозяин, мсье Абрахамс, пригрозил: тогда, дескать, уходи и можешь не возвращаться.

— А кто такой Папаша Жоффре? — спросил Пьеро. Он прежде не слышал этого имени.

— В войну он был великим генералом, — ответила мама, вынимая из корзины груду белья и укладывая ее рядом с гладильной доской. — Наш герой.

— *Ваш* герой, — уточнил папа.

— Не забывай, что ты женат на француженке. — Мама ожгла его сердитым взглядом.

— Да, причем по любви, — отозвался папа. — Пьеро, я тебе не рассказывал, как впервые увидел маму? Года через два после Великой войны. Договорился встретиться с сестрой в ее обеденный перерыв. Сестра работала в магазине, я зашел за ней и увидел, что она разговаривает с новой помощницей. Та ужас до чего стеснялась — всего неделю как поступила на службу. Я только глянул на нее и сразу понял: вот моя будущая жена.

Пьеро улыбался; он любил, когда отец рассказывал такие истории.

— И вот открыл я рот, а сказать ничего не могу. Мозги как будто отключились. Стою, пялюсь на нее и молчу.

— Я думала, с ним удар. — Мама тоже улыбнулась воспоминаниям.

— Беатрис пришлось потрясти меня за плечи, — сказал папа и расхохотался над собственной глупостью.

— Если бы не твоя сестра, я бы ни за что не пошла на свидание с тобой, — прибавила мама. — А она мне говорит: лови момент. Он, мол, не такой болван, каким кажется.

— А почему мы не видимся с тетей Беатрис? — спросил Пьеро. За жизнь он несколько раз слышал ее имя, но никогда не встречал. Она не приезжала в гости и не писала им.

— Не видимся, и все, — отрезал папа. Его лицо изменилось, улыбка пропала.

— Но почему?

— Не приставай, Пьеро, — прикрикнул он.

— Да, Пьеро, не приставай, — повторила мама, и ее лицо тоже затуманилось. — Потому что у нас так принято. Мы гоним тех, кого любим, не говорим о важных вещах и ни от кого не принимаем помощи.

И вот так, в мгновение ока, хорошее настроение оказалось испорчено.

— Он жрет как свинья, — сказал папа через пару минут, присев на корточки и заглядывая Пьеро в глаза. Потом скрючил пальцы, изображая когти. — Папаша Жоффре, в смысле. Как крыса, которая вгрызается в кукурузный початок.

Папа бесконечно жаловался на низкую зарплату, на мсье и мадам Абрахамс, якобы разговаривающих с ним свысока, на парижан, которые с каждым днем все больше скупятся на чаевые.

— Потому у нас денег и нет, — ворчал он. — Кругом одни скопидомы. Особенно евреи — те вообще жмотье. А у нас в ресторане их вечно битком. Потому что во всей Западной Европе, видите ли, никто, кроме мадам Абрахамс, не умеет так готовить латкес и фаршированную рыбу.

— Аншель еврей, — тихо заметил Пьеро. Он часто видел, как его друг с матерью по воскресеньям идут в храм.

— Что ж, встречаются среди них и хорошие, вот Аншель, к примеру, — пробормотал папа. — Знаешь поговорку: в каждом стаде найдется хоть одна паршивая овца. Ну а тут наоборот.

— Денег у нас нет, — перебила мама, — потому что ты все спускаешь на вино. И не надо плохо говорить о соседях. Вспомни, как...

— Думаешь, я это купил? — Отец взял бутылку и показал матери этикетку — это домашнее вино подавали в ресторане мсье Абрахамса. — Твоя мать жуть какая наивная, — добавил он по-немецки, обращаясь к Пьеро.

Тот, вопреки всему, любил проводить время с отцом. Раз в месяц папа водил его в сад Тюильри и рассказывал, как называются деревья и другие растения, обрамляющие дорожки, объяснял, как они меняются от сезона к сезону. Дедушка и бабушка, говорил папа, были настоящие фермеры и неустанно возделывали землю.

— Но, понятное дело, всего лишились, — прибавлял он. — Хозяйство у них отобрали. Труд всей жизни насмарку. Они так и не оправились от удара.

По дороге домой он покупал мороженое у торговца на улице. Один раз Пьеро мороженое уронил, но папа отдал ему свое.

Именно такие моменты мальчик старался вспоминать, если дома случались скандалы. Несколько недель спустя у них в гостиной разгорелся спор; соседи (не те, которым не нравилось, что Пьеро поет «Марсельезу» по-немецки, а другие) завели беседу о политике. Голоса звучали все громче, на свет выволакивались старые обиды, и после ухода гостей родители поссорились.

— Если бы только ты перестал пить! — кричала мама. — Алкоголь превращает тебя в чудовище. Разве ты не понимаешь, что обижаешь людей?

— Я пью, чтобы забыть! — орал папа. — Ты не видела того, что видел я. У тебя эти картины не мелькают перед глазами днем и ночью.

— Но это же было так давно. — Эмили шагнула к нему, хотела взять за руку. — Пожалуйста, Вильгельм. Я знаю, как тебе тяжело, но, может быть, это оттого, что ты не хочешь разумно все обсудить. Если бы ты разделил со мной свою боль...

Маме не удалось договорить, потому что в следующий миг папа совершил очень-очень плохой поступок. Такое впервые случилось три-четыре месяца назад, и папа клялся, что это не повторится, но с тех пор уже трижды нарушал обещание. А мама Пьеро, хоть и очень страдала, всегда находила мужу оправдания.

— Ты не должен его осуждать, — сказала мама, обнаружив, что сын, видевший отвратительную сцену, рыдает у себя в комнате.

— Но он тебя обижает. — Пьеро поднял на нее заплаканные глаза. Д'Артаньян с кровати смотрел то на него, то на Эмили, а потом спрыгнул и уткнулся носом в бок сидящему на полу хозяину; песик всегда знал, когда Пьеро плохо.

— Он болен. — Эмили потрогала щеку. — А любимым людям во время болезни обязательно нужно помогать, пока они не выздоровеют. Если они принимают нашу помощь. А если нет... — Она глубоко вздохнула и продолжила: — Пьеро... как ты отнесёшься к тому, что мы уедем?

— Все вместе?

Она покачала головой:

— Нет. Только ты и я.

— А папа?

Мама вздохнула. Пьеро видел, как ее глаза медленно наполняются слезами.

— Я знаю одно, — проговорила она. — Дальше так продолжаться не может.

В последний раз Пьеро, которому недавно исполнилось четыре, видел отца в мае, как-то вечером. Было тепло. На кухне опять валялись пустые бутылки, а папа кричал, бил себя ладонями по вискам и стонал: *они здесь, они всегда здесь, они придут и мне отомстят*. Пьеро совершенно ничего не понимал. Папа принялся без разбору хватать с буфета посуду и швырять на пол; тарелки, миски, чашки осколками брызгали в разные стороны. Мама, ломая руки, умоляла отца успокоиться, но он ударил ее в лицо, кулаком, и заорал пуще прежнего, причем что-то такое чудовищное, что Пьеро закрыл уши ладонями и вместе с Д'Артаньяном убежал к себе. Оба забились в шкаф. Пьеро колотила дрожь, но он старался не плакать, а песик, не выносивший криков и ссор, поскуливал и комком жался к хозяину.

Пьеро сидел в шкафу очень долго, ждал, когда в доме стихнет, и только потом вылез. Отец куда-то исчез, а мама с измазанным кровью, сизым лицом неподвижно лежала на полу. Д'Артаньян осторожно приблизился и начал лизать ее в ухо, пытаясь разбудить, а Пьеро застыл и лишь с ужасом смотрел на мать. Собравшись с духом, он побежал к Бронштейнам и, не в силах ничего объяснить, показал наверх. Мадам Бронштейн, видно, слышала скандал, но боялась вмешаться, а сейчас кинулась на второй этаж, перепрыгивая через две-три ступени. Пьеро между тем глядел на своего друга, и один мальчик не мог говорить, а другой — слышать; и Пьеро жалел, что не может сбежать из своего мира в чужой и там получить хоть какое-то облегчение.

Несколько месяцев от папы не было известий. Пьеро очень хотел и одновременно очень страшился его возвращения, но однажды утром им с мамой сообщили, что Вильгельм упал под поезд, следовавший из Мюнхена в Пензберг — в город, где отец родился и провел детство. Пьеро скрылся в своей комнате, запер дверь, поглядел на собаку, дремавшую на кровати, и необычайно спокойно произнес:

— Папа теперь смотрит на нас сверху, Д'Артаньян. И он еще обязательно будет мной гордиться, обещаю.

Мсье и мадам Абрахамс предложили Эмили место официантки, что, по словам мадам Бронштейн, было вовсе не так уж и кошерно: ведь ей отдавали работу ее же покойного супруга. Но мама, понимая, что без денег не прожить, с благодарностью согласилась.

Ресторанчик находился на полдороге от дома до школы*, поэтому всю вторую половину дня Пьеро читал или рисовал в комнатке на нижнем этаже ресторана.

---

* Во Франции дети ходят в школу с 3—4 лет, на самом деле это не школа, а разновидность детского сада. — *Здесь и далее примеч. перев.*

Служащие приходили и уходили, отдыхали там в свой перерыв, сплетничали о посетителях, старались развлечь Пьеро. Мадам Абрахамс обязательно приносила ему тарелку с блюдом дня и креманку мороженого на десерт.

Три года Пьеро едва ли не жил в этой комнатке. Мама наверху обслуживала столики, а он, хоть никогда и не говорил об отце, думал о нем каждый день, представлял: вот папа стоит здесь, вот переодевается утром в униформу, вот подсчитывает вечером чаевые.

Много позже, оглядываясь на свое детство, Пьеро не знал, что и думать, настолько все казалось противоречиво. Да, он страшно тосковал по отцу, но у него было много друзей, ему нравилась школа, и с мамой они жили душа в душу. Париж процветал, улицы кишели народом, пульсировали энергией.

Но в 1936 году день рождения Эмили, обещавший много веселья, обернулся трагедией. Вечером мадам Бронштейн и Аншель поднялись к ним с маленьким тортом, чтобы поздравить новорожденную, и Пьеро с другом жевали уже по второму куску, когда вдруг ни с того ни с сего мама раскашлялась. Вначале Пьеро подумал, что она подавилась тортом, но кашель не унимался. Мадам Бронштейн принесла стакан воды, мама попила и вроде бы затихла, но глаза у нее оставались красными, и она прижимала руку к груди, словно там что-то болело.

— Все хорошо, — сказала она, едва задышав нормально. — Простыла, видно.

— Но, милая... — Мадам Бронштейн, побледнев, показала на льняной платок в руках Эмили.

Пьеро глянул и раскрыл рот: в центре платка алели три пятнышка крови. Мама уставилась на них, а потом, скомкав платок, сунула его в карман. Осторожно взялась за подлокотники, встала с кресла, оправила платье и криво улыбнулась.

— Эмили, с тобой точно все в порядке? — спросила мадам Бронштейн, тоже встав, и мама Пьеро поспешно кивнула.

— Пустяки, — ответила она. — Ангина, наверное. Вот только я немножко устала, мне надо бы поспать. Огромное спасибо за торт и что вы обо мне вспомнили, но если вы с Аншелем не возражаете...

— Конечно, конечно. — Мадам Бронштейн, подталкивая Аншеля в спину, заторопилась к двери. Раньше Пьеро не замечал за ней такой прыти. — Если что понадобится, топни пару раз, я тотчас прибегу.

В тот вечер и еще несколько дней мама не кашляла, но вскоре, обслуживая посетителей, почти потеряла сознание, и ее принесли вниз, туда, где Пьеро играл в шахматы с одним официантом. Лицо матери было серым, и платок не в пятнышках крови, как раньше, а красный весь. Пот тек по лбу, по щекам; доктор Шибо, едва взглянув на больную, вызвал «скорую». Уже через час мама лежала на койке в больнице Отель-Дье де Пари, и врачи, осматривая ее, тревожно перешептывались.

Ночь Пьеро провел у Бронштейнов, валетом в кровати с Аншелем, а Д'Артаньян посапывал на полу. Пьеро умирал от страха и очень хотел обо всем поговорить с другом, но в темноте от его блестящего знания языка жестов не было никакого проку.

Неделю он ежедневно навещал маму, и с каждым разом ей дышалось все труднее. В воскресенье он был с ней один, когда ее дыхание начало замедляться, а потом и вовсе остановилось. Пальцы, сжимавшие ладошку сына, обмякли; глаза сделались неподвижны, а голова соскользнула с подушки. Пьеро понял, что мама умерла.

Пару минут он сидел абсолютно неподвижно. Затем встал, бесшумно задернул вокруг койки занавески, снова сел на стул, схватился за руку матери и держал крепко-крепко, не отпуская. Наконец пришла пожилая медсестра, сразу все поняла и сказала, что умершую следует перенести в другое место, подготовить для похорон. Услышав это, Пьеро разрыдался, и ему казалось, что слезы будут литься вечно. Он цеплялся за тело матери; медсестра его утешала. Он плакал долго и никак не мог успокоиться, а затихнув, почувствовал, что внутри у него как будто бы все сломалось. Так больно ему еще не бывало ни разу.

— Пусть с ней останется вот это. — Пьеро вынул из кармана папину фотокарточку и положил на кровать рядом с мамой.

Медсестра кивнула и пообещала проследить, чтобы снимок не потерялся.

— Надо кому-нибудь позвонить? У тебя есть родные? — спросила она.

— Нет, — замотав головой, ответил Пьеро. Он очень боялся посмотреть ей в глаза и увидеть там жалость или безразличие. — Никого нет. Только я. Я теперь один.

Глава 2

Медаль в шкафу

Симона и Адель Дюран родились с разницей в год, никогда не были замужем и чудесно уживались друг с другом, несмотря на крайнюю непохожесть.

Симона, старшая, удивительно рослая, точно башня возвышалась почти над всеми мужчинами. Настоящая красавица, смуглая, с глубокими карими глазами и артистической душой, она, казалось, не знала большего счастья, чем сидеть часами за пианино и наслаждаться музыкой, позабыв обо всем на свете. Адель, желтовато-бледная, низенькая, толстозадая, при ходьбе переваливалась утицей и вообще изрядно напоминала эту птицу. Она была хлопотлива и, не в пример Симоне, общительна, однако по части музыки являла собой абсолютный ноль.

Сестры выросли в большом особняке милях в восьмидесяти к югу от Парижа, в городе Орлеане, с которого знаменитая Жанна д'Арк пятьсот лет назад сняла вражескую осаду. В раннем детстве девочки думали, что родились в самой многочисленной семье на всю Францию, поскольку в общих спальнях третьего, четвертого и пятого этажей их дома проживало почти пятьдесят детей возрастом от нескольких недель до семнадцати лет. Одни были добры, другие злы, третьи робки, четвертые драчливы, но всех объединяло одно: они были сироты. До второго этажа, где располагалась квартира семьи Дюран, детские голоса и топот доносились постоянно — вечером, когда воспитанники болтали перед сном, и утром, когда они, повизгивая, босиком бегали по холодному мраморному полу. Симона и Адель жили с ними рядом, но как бы и в сторонке и, пока не подросли, толком не понимали, чем отличаются от этих ребят.

Мсье и мадам Дюран, мама и папа девочек, основали приют, едва поженившись, и заведовали им до самой своей смерти, чрезвычайно строго соблюдая правила приема, определявшие, кого следует брать, а кого нет. Потом родители умерли, и сестры продолжили семейное дело. Они полностью посвятили себя заботе о сиротах, но порядки коренным образом изменили.

— Мы рады принять любого ребенка, оставшегося без родных, — провозгласили они. — Цвет, раса, вероисповедание не имеют значения.

Симона и Адель ощущали себя единым целым, когда ежедневно шаг в шаг обходили территорию приюта, осматривали клумбы, отдавали распоряжения садовнику. Помимо внешности сестер отличало еще кое-что: Адель с утра до ночи, буквально с момента пробуждения и до отхода ко сну, не умолкала ни на секунду, а молчальница Симона говорила крайне редко и скупыми предложениями — каждое слово будто последний вздох.

Пьеро познакомился с сестрами Дюран через месяц после смерти матери. Он уезжал с вокзала Аустерлиц нарядный и в новехоньком шарфике, прощальном подарке мадам Бронштейн, купленном накануне днем в Галерее Лафайет. Аншель, его мама и Д'Артаньян пришли проводить Пьеро, а у того с каждым шагом сердце проваливалось куда-то все глубже и глубже. Ему было страшно и отчаянно одиноко, он тосковал по маме и жалел, что ему с собакой нельзя остаться у Бронштейнов. Он жил у них с самых похорон и каждую субботу наблюдал, как мадам Бронштейн с сыном отправляются в храм, а однажды даже попросился с ними, но мадам Бронштейн сказала, что сейчас не лучшее время, и предложила пойти погулять с Д'Артаньяном на Марсовом поле.

Шли дни. Как-то к вечеру мадам Бронштейн вернулась домой с приятельницей, и Пьеро услышал, что гостья говорит:

— А моя кузина усыновила гоя, и он у них мигом прижился.

— Беда не в том, что он гой, Рут, — ответила мадам Бронштейн, — а в том, что мне денег не хватит. Их, по правде говоря, кот наплакал. Леви очень мало оставил. Я, конечно, держу марку, во всяком случае, стараюсь, но одинокой вдове в этом мире ой как непросто. А что у меня есть, я обязана тратить на Аншеля.

— Таки да, своя рубашка ближе к телу, — поддержала дама. — Но неужто не найдется кого-то, кто бы...

— Я старалась как могла. Поверь, кого вспомнила, со всеми поговорила. Кстати, ты, видимо, вряд ли?..

— Нет, прости. Времена тяжелые, ты верно заметила. И, кроме того, согласись, евреям в Париже легче не становится. Мальчику лучше среди своих.

— Наверное, ты права. Конечно, не следовало и спрашивать.

— Очень даже следовало! Ты делаешь для него все, что в твоих силах. Уж такая ты. *Мы* такие. Но не выходит — значит, не выходит. Ну так что, ты скоро ему скажешь?

— Сегодня вечером, думаю. Ох, будет нелегко.

Пьеро вернулся в комнату Аншеля и задумался над непонятным разговором, потом отыскал в словаре слово «гой», но

37

все равно не понял, к чему оно. Он долго сидел, перебрасывая в руках ермолку Аншеля, которую снял со спинки стула; позже, когда мадам Бронштейн пришла с ним поговорить, ермолка красовалась у него на голове.

— Сними! — прикрикнула мадам Бронштейн, сдернула ермолку и повесила обратно на спинку стула. Она впервые в жизни так резко разговаривала с Пьеро. — Этими вещами не шутят. Это тебе не игрушка, это святое.

Пьеро промолчал, но ему стало стыдно, и он встревожился. Его не берут в храм, ему не дают носить шапку друга; абсолютно ясно, что он здесь лишний. Чуть погодя, узнав, куда его отправляют, он убедился в этом окончательно.

— Мне очень жаль, Пьеро, — сказала мадам Бронштейн, закончив объяснения. — Но приют, я слышала, хороший. Уверена, тебе там понравится. И может быть, скоро тебя усыновят какие-нибудь милые люди.

— А Д'Артаньян? — спросил Пьеро и поглядел на песика, спавшего на полу.

— Мы о нем позаботимся, — заверила мадам Бронштейн. — Он ведь любит косточки, да?

— Он любит косточки.

— Ну так они бесплатные, спасибо мсье Абрахамсу. Пожертвую, говорит, несколько штучек в день, очень уж мы с женой любили его маму.

Пьеро промолчал; он не сомневался, что, обернись все иначе, мама взяла бы к ним Аншеля. Хоть мадам Бронштейн об этом молчит, но дело, видно, в том, что он гой. Впрочем, сейчас Пьеро волновался о другом: что останется совсем без близких. Аншель и Д'Артаньян будут вместе, а он — один-одинешенек.

Надеюсь, я не забуду, как это делается, показал Пьеро. Они с другом стояли на платформе; мадам Бронштейн ушла покупать билет — туда, но не обратно.

Ты сказал, что надеешься не стать орлом, засмеялся Аншель и продемонстрировал, какими знаками следовало воспользоваться.

Вот видишь? — показал Пьеро, жалея, что не может подбросить все эти фигуры в воздух и поймать в правильном порядке. *Я уже забываю.*

Ничего подобного. Просто ты еще учишься.

Ты умеешь настолько лучше.

Аншель улыбнулся. *Приходится.*

Пьеро обернулся, услышав, что из клапанов поезда повалил пар; по ушам ударил пронзительный свист; кондуктор яростно призывал пассажиров на платформу. В животе у мальчика тревожно екнуло. Но к волнению, конечно, примешивалась и радость — предстояло путешествие, а Пьеро в жизни еще не ездил на паровозе, — вот только хорошо бы поездка не кончалась. Он боялся того, что ждет его впереди.

Давай друг другу писать, Аншель, показал Пьеро. *Нам нельзя теряться.*

Каждую неделю.

Пьеро показал лису, Аншель — собаку; они стояли, подняв руки, и символ вечной дружбы долго трепетал в воздухе. Мальчики хотели обняться на прощанье, но на платформе было полно народу. Они застеснялись и лишь обменялись рукопожатием.

— До свидания, Пьеро. — Мадам Бронштейн наклонилась его поцеловать, но поезд шумел, толпа ревела, и он ее почти не слышал.

— Это потому, что я не еврей, да? — спросил Пьеро, глядя ей прямо в лицо. — Вы не любите гоев и не хотите, чтобы они у вас жили.

— Что? — Женщина потрясенно выпрямилась. — Пьеро, с чего ты взял? Вот уж о чем я не думала! Но ты же умный мальчик. Ты наверняка заметил, как меняется отношение к евреям — как нас обзывают, как нас ненавидят.

— Но если б я был еврей, вы бы меня все-таки оставили, да? Я знаю, что оставили бы.

— Нет, Пьеро. Я забочусь о твоей безопасности и...

— По вагонам! — громко крикнул кондуктор. — Поезд отправляется! По вагонам!

— До свидания, Аншель. — Пьеро не желал больше слушать мадам Бронштейн и встал на подножку вагона.

— Пьеро! — закричала она. — Подожди, пожалуйста! Дай объяснить — ты все не так понял!

Но он не обернулся. Его жизнь в Париже подошла к концу, он понял это сейчас с поразительной ясностью. Закрыл дверь купе, сделал глубокий вдох и ступил навстречу новой судьбе.

Через полтора часа кондуктор похлопал Пьеро по плечу и показал в окно, на приближающиеся церковные колокольни.
— Ну-ка, — сказал он, тыча пальцем в бумажку, которую мадам Бронштейн приколола мальчику к лацкану пиджака, написав на ней большими чёрными буквами его имя — ПЬЕРО ФИШЕР — и место назначения — ОРЛЕАН. — Твоя станция.

Пьеро испуганно сглотнул, достал из-под сиденья свой чемоданчик и прошёл к двери. Поезд остановился. Пьеро ступил на платформу и подождал, пока рассеется пар; он хотел понять, встречает ли его кто-нибудь. Им вдруг овладела паника: что делать, если никого нет? Кто о нём позаботится? Ему, в конце концов, всего только семь, и у него нет денег на обратный билет. Что он будет есть? Где будет спать? Что вообще с ним станется?

Кто-то тронул его за плечо. Он поднял голову. Краснолицый мужчина сорвал бумажку с его лацкана и поднес близко к глазам, затем скомкал и выбросил.

— Тебе со мной, — объявил он и направился к возку с лошадью. Пьеро, застыв, смотрел ему вслед. — Шевелись, — поторопил мужчина, оборачиваясь и сурово глядя на него. — Тебе, может, время и не дорого, а мне так вот очень.

— Вы кто? — спросил Пьеро. Он не собирался никуда идти с каким-то незнакомцем — вдруг это фермер, которому не хватает людей собирать урожай, и Пьеро угодит к нему в рабство? У Аншеля был такой рассказ, и там все для всех закончилось очень плохо.

— Кто я? — переспросил мужчина и ухмыльнулся: ну, ты, мол, и нахал. — Я тот, кто отдубит тебе шкуру, если ты сию же минуту не сядешь куда сказано.

Пьеро вытаращил глаза: не пробыл в Орлеане и двух минут, а ему уже угрожают расправой. Он в ужасе затряс головой и решительно сел на чемодан.

— Извините, — сказал. — Но мне велели никуда не ходить с незнакомыми людьми.

— Не бойся, скоро познакомимся. — И мужчина снова ухмыльнулся. Лицо его немного смягчилось. Ему было около пятидесяти, и он слегка напоминал мсье Абрахамса, хозяина кафе, — вот только не брился уже дней пять и одет был в разномастные лохмотья. — Ты ведь Пьеро Фишер, верно? Хотя неважно, все одно у тебя на бирке так написано. Меня сестры Дюран за тобой прислали. Звать меня Юпер. Я сестрицам по хозяйству помогаю. Иногда встречаю новых ребятишек на станции. Ну, тех, которые в одиночку путешествуют.

— А, — Пьеро встал, — я думал, они меня сами встретят.

— Ага, а мелкотню свою, отродье сатанинское, оставят заправлять приютом? Это вряд ли. Не то к возвращению камня на камне не найдут. — Юпер шагнул назад, поднял чемодан Пьеро и заговорил уже по-другому: — Слушай, бояться тебе там нечего. Место хорошее. Женщины они добрые, две их. Ну так что — едешь со мной иль как?

Пьеро огляделся. Поезд ушел, и вокруг на целые мили не было решительно ничего, одни поля. Похоже, выбора нет.

— Ладно, — согласился он.

Не прошло и часа, как Пьеро очутился в аккуратном и строгом кабинете, из двух огромных окон которого открывался вид на ухоженный парк. Сестры Дюран внимательно изучали мальчика с головы до ног — точно на ярмарке, подумывая его купить.

— Сколько тебе лет? — осведомилась Симона, поднося к глазам очки на шнурке. Глянула и разжала пальцы — очки повисли на шее.

— Семь, — ответил Пьеро.

— Не может быть, ты слишком маленький.

— Я всегда был маленький, — сказал Пьеро. — Но у меня есть план подрасти.

— Да? — с сомнением обронила Симона.

— Какой чудный возраст, семь лет. — Адель сцепила пальцы и залучилась улыбкой. — Дети в это время такие счастливые, так полны интереса к жизни.

— Милая, — перебила Симона, касаясь руки сестры, — у ребенка совсем недавно умерла мама. Сомневаюсь, что он лопается от счастья.

— О, конечно, конечно, разумеется, — сразу посерьезнев, затараторила Адель. — Сейчас ты в трауре. Это чудовищное испытание, потерять близкого человека. Чудовищное. Мы с сестрой понимаем тебя как никто. Я только хотела сказать, что, по-моему, мальчики в твоем возрасте очаровательны. Противными вы становитесь позже, лет в тринадцать-четырнадцать. Но с тобой, разумеется, этого не произойдет. Уверена, ты всегда будешь очень, очень, очень хорошим.

— Милая, — тихо повторила Симона.

— Ой, простите, — спохватилась Адель. — Я ужасно много болтаю, да? Но разрешите мне сказать следующее. — Она прокашлялась, как будто собираясь произносить речь перед целым залом крикливых фабричных рабочих. — Мы очень счастливы, что ты теперь с нами, Пьеро. У меня нет сомнений, что ты станешь чудесным добавлением к нашей, как мы здесь любим говорить, дружной семейке. И господи боже мой, ну разве ты не красавчик! Какие очаровательные голубенькие глазки! У меня раньше был спаниель вот точно с такими же вот глазками. То есть нет, я, конечно, не сравниваю тебя с собакой, боже упаси. Это было бы ужасно грубо. Я имела в виду, что ты мне его напомнил, вот и все. Симона, правда, глаза у Пьеро в точности как у Каспера?

Симона подняла бровь, внимательно оглядела мальчика и лишь тогда ответила:

— Нет.

— Ой, да ведь просто же один в один! — восторженно выкрикнула Адель. Пьеро заподозрил, что эта женщина всерьез думает, будто ее мертвая собака воскресла в человечьем обличье. — Но давайте вернемся к главному. — Она напустила на себя строгий вид. — Мы с сестрой искренне скорбим о твоей дорогой мамочке. Такая молодая и, насколько мы знаем, так прекрасно о тебе заботилась. И главное, после всего, что ей пришлось пережить, подумать только! Чудовищная несправедливость! Женщина, которой есть для чего жить, уходит в мир иной, и когда? Когда она больше всего нужна своему сыночку, бедняжка! Прямо скажу, я уверена, что мамочка тебя безумно любила. Ты согласна, Симона? Ты тоже думаешь, что мадам Фишер безумно любила Пьеро?

Симона подняла глаза от гроссбуха, куда записывала рост и прочие физические параметры Пьеро.

— Полагаю, практически все матери любят своих детей. Вряд ли это стоит специального упоминания.

— А твой папочка, — продолжала Адель, — он умер несколько лет назад, верно?

— Да, — сказал Пьеро.

— И больше у тебя никого нет?

— Нет. Ну, то есть, у папы, кажется, есть сестра, но я с ней не знаком. Она к нам ни разу не приезжала. Может, она и вовсе про меня не знает, и про то, что родители умерли, тоже. У меня нет ее адреса.

— Ой, как жаль!

— А сколько мне здесь жить? — спросил Пьеро, вдруг заметив, что повсюду рисунки и фотографии. На письменном столе стоял снимок мужчины и женщины с хмурыми лицами, они сидели в креслах, отставленных далеко друг от друга. Видно, поссорились перед приходом фотографа, решил Пьеро. По их внешности он догадался, что это родители сестер. В противоположном углу стола располагалась еще одна фотокарточка в рамке — две маленькие девочки держали за руки мальчика чуть помладше. А на стене висел фотографический портрет юноши с похожими на карандашик усиками, одетого во французскую военную форму. Он был снят в три четверти и с очевидной тоской взирал через окно в сад.

— Многих наших сирот забирают в хорошие семьи буквально через месяц-другой после приезда. — Адель села на кушетку и жестом пригласила Пьеро сесть рядом. — Есть столько замечательных мужчин и женщин, которые мечтают о детках, но Господь не дарует им своего благословения; другие по доброте душевной готовы принять в семью еще одного братика или сестричку для своих малышей. Никогда не надо недооценивать человеческую доброту, Пьеро.

— А равно и жестокость, — пробормотала из-за стола Симона. Пьеро удивленно на нее глянул, но она не подняла глаз.

— Некоторые дети живут здесь всего пару дней или недель, — продолжала Адель, игнорируя реплику сестры. — Кто-то, конечно, подольше. Но однажды к нам привезли маленького мальчика примерно твоих лет, привезли утром, а к обеду уже забрали. Мы даже толком не успели с ним познакомиться, правда, Симона?

— Да, — буркнула Симона.

— Как его звали?

— Не помню.

— Ну, неважно, — сказала Адель. — Суть в том, что предугадать, кого и в какое время заберут, невозможно. Но это вполне может случиться с тобой, Пьеро.

— Сейчас пять часов, — ответил он. — День почти кончился.

— Я имела в виду, что...

— А скольких так и не усыновили? — спросил Пьеро.

— Хм? Что-что?

— Скольких так и не усыновили? — повторил он. — Сколько детей живут здесь, пока не вырастут?

— Ну, — улыбка Адель слегка поблекла, — трудновато с ходу взять и подсчитать. Это, разумеется, случается изредка, да-да, увы, случается, но я сильно сомневаюсь, что так будет с тобой. Любая семья будет счастлива такому мальчику! Но давай пока об этом не думать. Сколько бы ты у нас ни пробыл, долго или коротко, мы постараемся, чтобы тебе было хорошо. Сейчас для тебя главное — освоиться на новом месте, обзавестись новыми друзьями, почувствовать себя дома. Ты, Пьеро, вероятно, слышал о приютах всякие плохие истории, потому что на свете много людей, которые любят рассказывать гадости, — а один нехороший англичанин, мистер Диккенс, своими романами вообще всем нам подпортил репутацию, — но будь спокоен: в нашем заведении ничего неподобающего не происходит. У нас все мальчики и девочки счастливы, а если тебе когда-нибудь станет страшно или одиноко, сразу найди меня или Симону, мы с радостью тебя утешим. Правда, Симона?

— Адель обычно довольно легко найти, — ответствовала старшая сестра.

— А где я буду спать? — спросил Пьеро. — У меня будет своя комната?

— О нет, — сказала Адель. — Даже у нас с Симоной нет своих комнат. Здесь ведь не Версальский дворец, ты же понимаешь! Нет, у нас в приюте общие спальни. Отдельно для мальчиков и для девочек, разумеется, на этот счет можешь не беспокоиться. В каждой спальне десять кроватей, но там, где поселишься ты, сейчас пока довольно свободно, ты станешь седьмым в комнате. Выбери любую пустую кровать. Одно условие: выбрал так выбрал, больше не меняй. Это очень все упрощает в день стирки. Ванну будешь принимать по средам вечером, хотя, — тут она наклонилась вперед и легонько нюхнула воздух, — нелишне было бы принять и сегодня, смыть пыль Парижа и грязь поезда. Ты для этого явно созрел, мой милый. Подъем у нас в шесть тридцать, потом завтрак, занятия, обед, еще занятия, игры, ужин и сон. Тебе у нас понравится, Пьеро, я уверена, что понравится. И мы приложим все усилия, чтобы найти для тебя замечательную семью. Вот видишь, какая чудна́я наша работа? Мы счастливы, что ты сейчас с нами, но будем счастливы вдвойне, если ты нас покинешь. Верно, Симона?

— Да, — кивнула та.

Адель встала и пригласила Пьеро следовать за собой, собираясь показать ему приют, но по дороге к двери он заметил, как в небольшом стеклянном шкафу что-то блеснуло, и подошел посмотреть. Прижал лицо к стеклу и, прищурившись, вгляделся в бронзовый кружок с фигуркой посередине, висящий на красно-белой ленте. К ленте был приколот бронзовый значок с надписью *Волонтер*. Внизу стояла свечка и еще одна небольшая фотография юноши с усиками; он улыбался и махал рукой из поезда, отъезжающего от станции. Пьеро сразу узнал платформу: та самая, куда его сегодня доставил парижский поезд.

— Что это? — Пьеро показал на медаль. — И кто это?

— Тебя не касается. — Симона тоже встала, и Пьеро, обернувшись, испугался ее сурового лица. — Это трогать нельзя, даже пальцем. Никогда! Адель, проводи его в спальню. Сейчас же, пожалуйста!

Глава 3

Письмо от друга и письмо от незнакомки

В приюте оказалось вовсе не так замечательно, как расписывала Адель Дюран. Кровати были жесткие, одеяла тонкие. Невкусной еды всегда давали с избытком, зато вкусной вечно не хватало.

Пьеро всячески старался обзавестись друзьями, но выяснилось, что и это нелегко. Воспитанники приюта хорошо знали друг друга, и новичка в компанию никто принимать не хотел. Любители книг не допускали Пьеро к своим дискуссиям, поскольку он не читал того же, что и они. Дети, уже много месяцев строившие миниатюрную деревню из деревяшек, собранных в лесу, опасались, что, коль скоро Пьеро не отличает уровень от рубанка, все их труды могут пойти насмарку, и отрицательно качали головами: мол, не хотим рисковать. А парни, которые каждый день после обеда играли во дворе в футбол и называли себя именами любимых игроков французской сборной — Куртуа, Маттлер, Дельфур, — однажды взяли Пьеро стоять на воротах, но его команда проиграла 0:11. И ему сказали, что он слишком маленький и не способен брать верховые мячи, а все другие позиции, увы, заняты.

— Прости, Пьеро, — пропели они без всякого сожаления.

Так что Пьеро водил компанию лишь с одной девочкой на пару лет старше себя. Ее звали Жозетт, и она попала в приют три года назад; ее родители погибли при крушении поезда под Тулузой. Жозетт дважды удочеряли, но после возвращали, как посылку, доставленную не по адресу, заявляя, что ее присутствие в доме «слишком разрушительно».

— Первые муж с женой были просто ужасные, — призналась она Пьеро, когда они как-то утром сидели под деревом, зарывшись ногами в траву, сыроватую от росы. — Причем не желали звать меня

Жозетт. Всегда, видите ли, хотели дочку по имени Мария-Луиза. А вторая семейка просто решила обзавестись бесплатной служанкой. Там меня, как Золушку, с утра до ночи заставляли мыть полы и посуду. Ну я им и устраивала весёлую жизнь, пока не отпустили. А вообще мне нравится у Симоны и Адель, — прибавила Жозетт. — Может, я и разрешу себя удочерить. Но не сейчас. Мне пока и здесь нормально.

Самым противным человеком в приюте был Уго. Он жил здесь с рождения — уже одиннадцать лет — и из всех детей, состоявших на попечении сестёр Дюран, считался самым главным и одновременно самым опасным. У него были волосы до плеч, и спал он в одной комнате с Пьеро, на соседней кровати. Пьеро горько жалел, что в день приезда выбрал именно это место: Уго храпел, да так оглушительно, что иной раз приходилось с головой накрываться одеялом, лишь бы заглушить этот безумный рёв. Пьеро, в поисках выхода из отчаянного положения, пробовал даже затыкать уши комочками из газетной бумаги.

Симона и Адель не планировали отдавать Уго на усыновление, а потому, когда в приют приезжали супружеские пары, он не умывался, не переодевался в чистую рубашку и не шел улыбаться взрослым, как другие сироты, а оставался в своей комнате. В свободное время он обычно слонялся по коридорам и искал, кого бы обидеть. И естественно, маленький и худенький Пьеро стал для него идеальной мишенью.

Вариантов травли Уго знал несколько, и все не слишком оригинальные. Иногда он дожидался, пока Пьеро заснет, и макал его левую руку в миску с теплой водой — тогда с Пьеро случалось то, что вообще-то прекратилось годам к трем. А иногда придерживал за спинку стул, куда хотел сесть Пьеро, и вынуждал стоять, пока не рассердится учитель. В ванной Уго, бывало, утаскивал полотенце, и Пьеро, красному от стыда, приходилось голышом бежать в спальню, где мальчишки хохотали и показывали на него пальцем. Порою же Уго выбирал традиционный, проверенный временем способ: набрасывался из-за угла, хватал Пьеро за волосы, бил в живот и отпускал всего в синяках и порванной одежде.

— Кто это тебя? — спросила Адель, увидев, что Пьеро сидит у озера один и рассматривает ссадину на руке. — Чего я по-настоящему не терплю, Пьеро, так это драчунов.

— Не скажу, — ответил он, не отрывая глаз от земли. Не хотел быть доносчиком.

— Но ты должен, — настаивала Адель. — Иначе я не смогу тебе помочь. Это Лоран? Он у нас уже попадался на таких делах.

Пьеро покачал головой:
— Нет, не Лоран.
— Тогда Сильвестр? От него хорошего не жди.
— Нет, — сказал Пьеро. — И не Сильвестр.

Адель отвела глаза и тяжело вздохнула.
— Уго, да? — произнесла она после долгой паузы, и по ее голосу Пьеро понял, что она так и думала с самого начала, но очень надеялась ошибиться.

Пьеро молчал, пинал носком ботинка камешки и смотрел, как они скатываются в воду.

— Можно я пойду в спальню?

Адель кивнула, и он, шагая через парк, спиной чувствовал ее взгляд.

Назавтра Пьеро и Жозетт ходили по двору и разыскивали семейство лягушек, которое повстречали дня три назад; Пьеро рассказывал про письмо от Аншеля, полученное утром.

— А о чем вы друг другу пишете? — заинтригованно спросила Жозетт. Сама она писем не получала.

— Ну, у него живет моя собака, Д'Артаньян, — ответил Пьеро, — так что Аншель пишет про него. А еще про то, что сейчас происходит в моем районе, там, где я вырос. Представляешь, там, оказывается, был бунт. Но я вообще-то рад, что этого не застал.

Жозетт неделю назад читала про бунт в газетной статье, где заявлялось, что евреям место исключительно на гильотине. Впрочем, почти все печатные издания проклинали жидов и советовали им проваливать куда подальше, и Жозетт такие воззвания алчно проглатывала.

— А еще он присылает свои рассказы, — продолжал Пьеро, — потому что он хочет стать...

Договорить не удалось. Из рощицы, потрясая палками, вышли Уго и два его приятеля, Жерар и Марк.

— Ой, кто это? — Уго, лыбясь, тыльной стороной ладони мазнул под носом, вытирая какую-то мерзость. — Счастливейшие наши супружники мсье и мадам Фишер?

— Отвали, Уго. — Жозетт попыталась обойти его, но он одним прыжком загородил ей дорогу и замотал головой, выставив перед собой палки крест-накрест.

— Это моя земля, — объявил он. — Хочешь пройти — плати пошлину.

Жозетт глубоко вздохнула: мол, удивительно, какие же придурки эти мальчишки, и сложила на груди руки. Она с вызовом смотрела прямо на Уго, отказываясь сдаваться. Пьеро, стоя сзади, сокрушался, и зачем их с Жозетт вообще сюда занесло.

— Хорошо, — сказала девочка. — Сколько?

— Пять франков, — ответил Уго.

— Запиши на мой счет.

— Тогда пойдут проценты. По франку за каждый день, пока не заплатишь.

— Отлично, — бросила Жозетт. — Сообщи, когда набежит миллион, я свяжусь со своим банком и прикажу перевести на твой счет.

— Что, думаешь, самая умная? — И Уго закатил глаза.

— Уж поумней тебя.

— Ага, щас.

— Точно умней. — Пьеро почувствовал, что надо что-то сказать, дабы не прослыть трусом.

Уго глянул на него, чуть заметно ухмыляясь.

— Защищаешь подружку, да, Фишер? Весь из себя такой влюбленный, да? — Он зачмокал губами, изображая поцелуи, потом повернулся к ним спиной, обхватил себя за бока и завозил руками вверх-вниз.

— Господи, вот же кретин, — проговорила Жозетт.

Пьеро не выдержал и расхохотался, хоть и знал, что не стоит провоцировать Уго — его и без того вечно красная физиономия от обиды побагровела еще сильнее.

— Но-но, не нарывайся, — Уго больно ткнул ее в плечо палкой, — забыла, кто тут главный?

— Ха! — вскричала Жозетт. — Думаешь, ты? Да кто позволит быть главным *какому-то жиденку*?

Уго мгновенно помрачнел, сконфузился, лоб его собрался морщинами.

— Ты чего? Это ж просто игра.

— Ты не умеешь играть, Уго, — отрезала девочка. — Но ты не виноват, верно? Такая уж у тебя натура. Свинья, она хрюкает, чего еще от нее ждать?

Пьеро нахмурился. Так Уго тоже еврей? Ему хотелось посмеяться вместе с Жозетт, но он вспомнил, как мальчишки в классе обзывали Аншеля и как это расстраивало беднягу.

Жозетт повернулась к приятелю:

— Знаешь, зачем ему длинные волосы, Пьеро? Чтобы рога прятать. Если его постричь, станет видно.

— Заткнись, — буркнул Уго, явно подрастеряв напор.

— А если он снимет штаны, мы и хвост увидим.

— Заткнись! — повторил Уго уже громче.

— Пьеро, ты спишь с ним в одной комнате. Когда он переодевался, ты видел хвост?

— Да, и он очень длинный и весь в чешуе. — Инициатива в разговоре явно перешла к Жозетт, и Пьеро осмелел. — Прямо как у дракона.

— Тебе вообще не стоило бы находиться с ним в одном помещении, — наставительно произнесла она. — С ними, знаешь, лучше вовсе не соприкасаться. Так все говорят. У нас в приюте их несколько штук. Надо их поселить отдельно. Или выслать.

— *Заткнись!* — взревел Уго и ринулся вперёд.

Жозетт отскочила, Пьеро встал между ними, и Уго кулаком угодил ему прямо в нос. Раздался отвратительный хруст, Пьеро рухнул на землю, из его верхней губы хлынула кровь. Он взвыл: «Ааааа!» Жозетт завопила, Уго разинул рот, а через мгновение его уже и след простыл, он исчез в лесу; Жерар и Марк бросились следом.

С лицом Пьеро творилось что-то странное. Причем не так чтобы совсем неприятное: ему вдруг показалось, что он вот-вот — и чихнет, со всей силы. Но в голове, где-то за глазами, уже пульсировала боль, а во рту внезапно все пересохло. Он посмотрел на Жозетт — та в ужасе глядела на него, прижав ладони к щекам.

— Ничего, ерунда, — пробормотал Пьеро, вставая. Правда, ноги почему-то отказывались его держать. — Царапина просто.

— Нет, не ерунда, — возразила Жозетт. — Надо срочно найти сестер.

— Ерунда, — повторил Пьеро и потрогал лицо — удостовериться, что все по-прежнему на месте, там, где положено быть. Потом взглянул на руку и весь содрогнулся: ладонь была красная. Тут же вспомнился мамин платок на дне рождения, тот тоже был залит кровью.

— Плохо дело, — прошептал он. Внезапно ноги его подкосились, лес закружился, и Пьеро потерял сознание.

И вдруг с удивлением обнаружил, что лежит на диване в кабинете сестёр Дюран. Симона стояла у раковины и держала под краном фланелевую тряпицу, затем выжала её и, лишь на секунду задержавшись, чтобы поправить фото на стене, подошла к Пьеро и положила мокрую тряпочку ему на переносицу.

— Очнулся, — констатировала она.

— Что произошло? — Пьеро приподнялся на локтях. Голова болела, во рту было сухо, а между бровями, там, куда ударил Уго, очень неприятно жгло.

— Нос не сломан. — Симона присела рядом. — Я подумала было, что сломан, но нет. Хотя, видимо, ещё поболит, причём изрядно, а когда опухоль начнёт спадать, под глазом нальётся большой синяк. Если ты таких вещей боишься, в зеркало лучше пока не смотри.

Пьеро сглотнул и попросил воды. За всё время в приюте он впервые слышал от

Симоны столь длинную речь. Обычно-то слова от нее не дождешься.

— Я поговорю с Уго, — продолжала она. — Велю извиниться. И прослежу, чтобы больше с тобой ничего подобного не случалось.

— Это не Уго, — не слишком убедительно произнес Пьеро; несмотря на терзавшую его боль, он все-таки не хотел никого выдавать.

— Я знаю, что это он, — вздохнула Симона. — Во-первых, Жозетт сказала, а во-вторых, я бы и сама догадалась.

— За что он меня не любит? — глянув на нее, тихо спросил Пьеро.

— Ты не виноват, — ответила она. — Это мы во всем виноваты. Адель и я. Мы уж натворили дел. Много с ним допустили ошибок.

— Но вы же о нем заботитесь, — удивился Пьеро. — Как и обо всех нас. А мы вам даже не родственники. Ему бы спасибо сказать.

Симона постучала пальцами по боковине стула, словно бы взвешивая, стоит ли открывать секрет.

— По правде говоря, он именно что *родственник*, — поведала она. — Наш племянник.

Пьеро широко распахнул глаза:

— Да? Я не знал. Я думал, он сирота, как мы все.

— Его отец умер пять лет назад, — принялась рассказывать Симона. — А мать... — Она, дернув подбородком, смахнула слезу. — Мои родители обошлись с ней довольно-таки дурно. У них были нелепые, старомодные взгляды на жизнь. Они ее совершенно затретировали, и она уехала. Но отцом Уго был наш брат Жак.

Пьеро глянул на снимок, где две девочки держали за руки маленького мальчика, и на фотопортрет мужчины с усиками карандашиком и во французской военной форме.

— А что с ним случилось? — спросил он.

— Он умер в тюрьме. Попал туда за несколько месяцев до рождения Уго. Так ребенка и не увидел.

Пьеро задумался. Он не знал никого, кто бы сидел в тюрьме. Но вспомнил, что читал про Филиппа, брата короля Людовика XIII, «Человека в железной маске», безвинно заточенного в Бастилию; самая мысль о подобной судьбе вызывала у Пьеро кошмары.

— А за что он попал в тюрьму?

— Наш брат, как и твой отец, сражался на Великой войне, — сказала Симона. — Потом, когда все кончилось, кто-то легко вернулся к нормальной жизни, но другие — по-моему, подавляющее большинство — не справлялись с воспоминаниями о том, чего навидались и что натворили. К счастью, нашлись отважные врачи, благодаря которым мир узнал, какие травмы оставили события двадцатилетней давности. Взять хотя бы работы французского доктора Жюля Персуанна и англичанина доктора Алфи Саммерфилда. Они посвятили жизнь тому, чтобы донести до сознания широкой публики, насколько пострадало предыдущее поколение и как мы все обязаны им помогать.

— Мой папа тоже пострадал, — сообщил Пьеро. — Мама всегда говорила, что хоть он и не погиб на Великой войне, именно война его и убила.

— Да, — Симона кивнула, — я понимаю, что она имела в виду. То же было и с Жаком. Чудесный мальчик, жизнерадостный, веселый. Сама доброта. А вернулся совсем другим... Полностью изменился. И совершал ужасные поступки. Но он с честью служил своей стране. — Она встала, прошла к застекленному шкафу, сняла с дверцы крючочек и достала бронзовый кружок, так заворожививший Пьеро в день приезда. — Хочешь подержать? — Она протянула ему медаль.

Мальчик кивнул и осторожно взял ее, пробежал пальцами по выпуклой фигуре на аверсе.

— Он получил это за храбрость. — Симона забрала награду и повесила обратно в шкаф. — О чем ни в коем случае не следует забывать. Но после войны Жак в течение десяти лет не раз попадал в тюрьму. Мы с Адель часто его навещали, но нам все это было отвратительно. Видеть брата в бесчеловечных условиях и понимать, что страна, ради которой он пожертвовал душевным покоем, в грош его не ставит. Настоящая трагедия — и не только наша, а многих семей. Твоей тоже, Пьеро, — я права?

Он кивнул, но ничего не ответил.

— Жак умер в тюрьме, и с тех пор мы заботимся об Уго. Несколько лет назад мы рассказали ему, как наши родители обидели его мать, а наша страна — его отца. Возможно, он был слишком мал и надо было подождать, пока он повзрослеет. Его сейчас терзает злость, она требует выхода, и поэтому он, к сожалению, обижает других. Но не суди его слишком строго, Пьеро. У вас с ним много общего; думаю, потому он тебя и выбрал.

Пьеро задумался над ее словами и попробовал пожалеть Уго, но это оказалось непросто. Да, их отцы, как справедливо заметила Симона, прошли через одни и те же испытания, но *он* ведь не портит жизнь всем вокруг.

— Ну, во всяком случае, она кончилась, — сказал наконец Пьеро. — В смысле, война. Новой ведь не будет, нет?

— Надеюсь, — ответила Симона.

В это время дверь кабинета распахнулась и вошла Адель, потрясая письмом.

— Вот вы где! — воскликнула она, глядя то на сестру, то на мальчика. — Я вас обоих искала. Господи, что с тобой приключилось? — Она, нагнувшись, всмотрелась в разбитую физиономию Пьеро.

— Я подрался, — объяснил он.

— Победил?

— Нет.

— М-м. Не повезло. Но сейчас я тебя развеселю. Хорошие новости. Скоро ты нас покинешь.

Пьеро ошеломлённо посмотрел на каждую из сестёр по очереди:

— Меня хотят взять в семью?

— Не *просто* в семью, — с улыбкой сказала Адель. — В *твою* семью. Я имею в виду твою *родную семью*.

— Адель, может быть, объяснишь, в чём дело? — Симона взяла у сестры письмо и пробежала взглядом по надписям на конверте. — Австрия? — удивилась она, обратив внимание на марку.

— Это от его тёти Беатрис, — ответила Адель, глядя на Пьеро.

— Но я с ней даже не знаком!

— Что же, а она про тебя все-все знает. Вот, прочти. Ей только недавно стало известно, что случилось с твоей мамой. И теперь она хочет, чтобы ты приехал к ней жить.

Глава 4

Путешествие на трех поездах

Когда Пьеро провожали из Орлеана, Адель дала ему сверток с бутербродами и велела не есть, пока голод совсем уж не одолеет, потому что это на всю дорогу, а ехать больше десяти часов.

— И вот еще, смотри: я тебе тут приколола названия всех трех станций, — добавила она и суетливо потеребила бумажки, проверяя, надежно ли те прикреплены к лацкану пальто. — Внимательно следи за указателями на платформах. Как увидишь такое же название, как здесь, выходи и пересаживайся на следующий поезд.

— На-ка, — Симона достала из сумочки маленький аккуратный сверток в коричневой бумаге, — подарок. Поможет скоротать время в дороге. И будет тебе память о нас и о приюте.

Пьеро поцеловал каждую из сестер в щеку, поблагодарил за все и направился к поезду, выбрав купе, где уже сидела женщина с маленьким мальчиком. Пьеро занял место у окна. Дама глянула недовольно — видимо, рассчитывала, что они с сыном поедут одни, но ничего не сказала и снова уткнулась в газету, а мальчик взял с сиденья пакетик конфет и спрятал к себе в карман. Поезд тронулся. Пьеро помахал Симоне и Адель, а потом, скосив глаза, посмотрел на первую бумажку. Прочитал про себя: *Мангейм*.

Вчера он попрощался с друзьями, и, кажется, одна только Жозетт расстроилась, что он уезжает.

— А тебя точно не усыновляют? — спросила она. — Ты это не наврал специально, чтобы нас всех обнадежить?

— Нет, — заверил Пьеро. — Если хочешь, могу показать письмо тети.

— А как она тебя разыскала?

— Мама Аншеля разбирала вещи моей мамы и нашла адрес. И написала тете Беатрис про то, что случилось и где я сейчас, и дала адрес приюта.

— И теперь она хочет тебя забрать к себе?

— Да, — сказал Пьеро.

Жозетт с сомнением хмыкнула.

— Она замужем?

— По-моему, нет.

— Чем же она занимается? Кем работает?

— Она экономка.

— *Экономка?* — удивилась Жозетт.

— Да. А что тут плохого?

— *Плохого* тут ничего, *per se**, — процедила девочка, найдя наконец повод употребить выражение из одной книжки, которое давно жгло ей язык. — Она, конечно, *трудится на капиталистов*, но ты не виноват, что тут поделаешь? А что там за семья — у кого она служит?

— Это не семья, — ответил Пьеро. — Всего лишь один мужчина. И он согласен меня принять при условии, что я не буду шуметь. Тетя говорит, он не часто бывает в доме.

— Что же. — Жозетт старательно напускала на себя равнодушный вид, хотя на

---

* Само по себе, по сути (*лат.*).

самом деле очень хотела уехать вместе с приятелем. — Если что-то не заладится, то, думаю, всегда можно вернуться.

Глядя в окно на проносящиеся мимо пейзажи, Пьеро вспоминал этот разговор, и ему было не по себе. Все-таки странно, что тетя столько лет с ними не общалась — целых семь раз пропустила день его рождения и Рождество, — хотя, может быть, она просто не ладила с мамой, особенно после ее расставания с папой... Но что толку гадать? Пьеро постарался выкинуть тревожные мысли из головы, закрыл глаза, задремал и очнулся, лишь когда в купе вошел какой-то старик и занял последнее, четвертое, место. Пьеро сел прямее, потянулся и зевнул, рассматривая старика. Тот был в длинном черном пальто, черных брюках и белой рубашке; по бокам лица свисали длинные темные пряди. Он, очевидно, плохо ходил, поскольку опирался на трость.

— Ну, знаете, это уже слишком, — сказала дама, сидевшая напротив, закрыла газету и недовольно потрясла головой. Она говорила по-немецки, и что-то в мозгу Пьеро переключилось, и он вспомнил язык, на котором разговаривал с отцом. — Неужели другого места не нашлось?

Старик пожал плечами.

— Мадам, везде занято, — вежливо объяснил он. — А здесь у вас свободное место.

— Нет уж, извиняюсь, — огрызнулась та, — но этот номер не пройдет.

Она встала, вышла из купе и решительно направилась куда-то по коридору. Пьеро заозирался, не понимая, как можно не пускать человека сесть, если есть место. Старик поглядел в окно и тяжко вздохнул. Чемодан на полку он убирать не стал, хотя на сиденье тот очень мешал и ему, и Пьеро.

— Хотите, я помогу? — предложил Пьеро. — Поставлю на полку, хотите?

Пожилой человек улыбнулся.

— Думаю, это будет напрасной тратой времени, — отозвался он. — Но ты очень добрый мальчик.

Дама вернулась с проводником. Тот оглядел купе и ткнул пальцем в старика.

— Ну-ка, ты, — бросил он, — вон отсюда. Постоишь в коридоре.

— Но тут свободно, — вмешался Пьеро. Проводник, наверное, подумал, что с ним едет мама или папа и старик занял их место. — Я один.

— Вон. Сейчас же, — потребовал проводник, словно не услышав Пьеро. — Давай, давай, поднимайся, не то наживёшь неприятности.

Старик, не говоря ни слова, встал, крепко уперев палку в пол, взял свой чемодан и с большим достоинством покинул купе.

— Я прошу прощения, мадам, — сказал проводник, поворачиваясь к женщине уже после того, как дверь закрылась.

— Внимательней надо с *этими*, — рявкнула она. — Следить надо! Со мной сын. Почему он должен подвергаться опасности?

— Простите, — повторил проводник, а женщина негодующе фыркнула с таким видом, словно весь мир задался целью ей досадить.

Пьеро хотел спросить, почему она прогнала старика, но дама была очень грозная — казалось, только пикни, она и тебя вышвырнет. Поэтому он отвернулся к окну, закрыл глаза и вновь задремал.

А проснувшись, увидел, что дверь купе открыта и дама с мальчиком снимают с полок багаж.

— Где мы? — спросил Пьеро.

— В Германии. — Дама впервые за все время улыбнулась. — Наконец-то никаких этих мерзких французишек! — Она показала на платформу, где на вывеске, как и на лацкане Пьеро, было написано *Мангейм*. — Похоже, и тебе тут выходить, — добавила она, кивнув на бумажку.

Пьеро вскочил, подхватил вещи и, прошагав по коридору, сошел на платформу.

Пьеро стоял в центре главного вестибюля вокзала, и ему было одиноко и страшно. Куда ни посмотри, всюду, торопясь по своим делам, задевая его, сновали мужчины и женщины. И еще военные. Много-много военных.

Впрочем, в первую очередь Пьеро обратил внимание на то, что люди вокруг говорят на другом языке. Поезд пересек границу, и повсюду звучал немецкий, а не французский, и Пьеро, вслушиваясь и разбирая слова, радовался, что папины уроки не прошли даром. Он выбросил бумажку *Мангейм* в урну и посмотрел, каков следующий пункт назначения.

Мюнхен.

Над расписанием движения поездов висели огромные часы. Пьеро кинулся туда, с разбегу врезался в мужчину, шедшего навстречу, и упал навзничь. Посмотрев вверх, он вобрал взглядом землисто-серую форму, широченный черный ремень, черные сапоги до колен и нашивку на левом рукаве: ломаный крест, а поверх орел, распростерший крылья.

— Извините, — еле слышно пролепетал Пьеро, глядя на мужчину с благоговейным страхом.

Тот посмотрел себе под ноги, но помогать не стал. Вместо этого презрительно скривил губу, чуть приподнял носок сапога, наступил мальчику на пальцы и придавил их к полу.

— Мне больно! — закричал Пьеро, чувствуя, что мужчина давит все сильнее;

в пальцах уже пульсировала кровь. Он еще ни разу не видел, чтобы кому-нибудь так нравилось причинять боль. А пассажиры, спешившие мимо, все замечали, но не вмешивались.

— Вот ты где, Ральф. — К ним внезапно подошла женщина с маленьким мальчиком на руках. Позади нее стояла девочка лет пяти. — Прости, пожалуйста, но Бруно хотел посмотреть паровозы, и мы чуть было тебя не потеряли. Ой, а что тут такое? — спросила она.

Мужчина, убрав ногу, улыбнулся и помог Пьеро подняться.

— Ребенок носится сломя голову, а куда — не смотрит. — Он пожал плечами. — Чуть не сбил меня.

— Какая на нем старая одежда. — Девочка смерила Пьеро неприязненным взглядом.

— Гретель, сколько раз повторять: так говорить некрасиво, — нахмурившись, укорила мать.

— И от него пахнет.

— Гретель!

— Пошли? — Мужчина посмотрел на часы, и его жена кивнула.

Они зашагали прочь. Пьеро, глядя в их удаляющиеся спины, растирал онемевшие пальцы. Малыш между тем повернулся в руках матери и помахал на прощанье. Пьеро встретился с ним взглядом и, несмотря на боль в костяшках, невольно улыбнулся и помахал в ответ. Семейство растворилось в толпе, а отовсюду вдруг понеслись свистки. Нужно срочно найти свой поезд, засуетился Пьеро, а то застряну в этом вашем Мангейме.

Судя по расписанию, поезд отбывал с минуты на минуту. Пьеро опрометью полетел на третью платформу и вскочил в вагон, когда проводник уже захлопывал двери. Ехать до Мюнхена было целых три часа, а радость от путешествия уже выветрилась, причем окончательно и бесповоротно.

Состав, в клубах шума и пара, содрогнулся и пришел в движение. Пьеро в открытое окно смотрел, как женщина с шарфом на голове бежит, волоча чемодан, и кричит машинисту: «Стойте, стойте!» Трое солдат, стоявшие на платформе тесной кучкой, стали над ней потешаться, она поставила чемодан и обругала их, тогда один солдат вывернул ей руку за спину. Пьеро с ужасом наблюдал за ними и успел еще увидеть, как ярость на лице женщины сменилась мукой, но тут кто-то постучал его по плечу, и он резко обернулся.

— Ты что тут делаешь? — спросил проводник. — Билет есть?

Пьеро достал из кармана все бумаги, которые сестры Дюран выдали ему при отъезде из приюта. Проводник принялся небрежно их листать, водил по строчкам пальцами, испачканными в чернилах, и беззвучно шевелил губами. От него несло табаком, и Пьеро слегка затошнило от неприятного запаха и мерного покачивания поезда.

— Порядок. — Проводник пихнул документы в карман мальчику и всмотрелся в бумажки на его лацкане. — Едешь один?

— Да, мсье.

— Без родителей?

— Да, мсье.

— Тогда вот что: во время движения здесь стоять нельзя. Опасно. Выпадешь — в котлету под колесами превратишься.

Не думай, это не шутки, это случается. А у такого малявки, как ты, шансов и вовсе нету.

Его слова острым ножом вонзились Пьеро в сердце — ведь, в конце концов, именно так и погиб его папа.

— Пойдем-ка. — Мужчина грубо схватил его за плечо и потащил по коридору; Пьеро нес чемодан и сверток с бутербродами. — Все занято, — пробормотал проводник, заглядывая в купе и быстро проходя мимо. Занято оказалось и в следующем. — Занято. Занято. Занято. — Он посмотрел на Пьеро и предупредил: — Места может и не быть. Поезд сегодня под завязку, тебя и посадить-то некуда. Но и стоять всю дорогу до Мюнхена не годится. Вопрос безопасности.

Пьеро молчал. Он не понимал, как тогда быть. Сидеть нельзя и стоять нельзя — а какие еще варианты? Не висеть же в воздухе.

— Вот, — сказал наконец проводник, открыв дверь и заглянув в очередное купе; в коридор хлынули смех и обрывки разговора. — Вот здесь есть куда втиснуться.

Не возражаете, ребята, нет? Тут малец один едет в Мюнхен. Пусть посидит у вас, присмотрите, ладно?

Проводник отступил на шаг в сторону, и Пьеро стало еще страшнее, чем раньше. Пятеро парней четырнадцати-пятнадцати лет, крепко сбитых, светловолосых, с чистой кожей, повернулись и молча воззрились на него, как стая волков, внезапно почуявших добычу.

— Входите, юный мужчина. — Самый высокий парень показал на пустое место между двумя ребятами напротив. — Не бойтесь, мы не кусаемся. — Он вытянул руку и медленно поманил Пьеро к себе; в этом жесте было что-то невероятно зловещее. Пьеро почувствовал себя крайне неуютно, но, не имея выбора, сел, и через пару минут парни, забыв про него, снова загомонили. Он между двумя рослыми соседями чувствовал себя настоящим лилипутом.

Долгое время он созерцал свои ботинки, но потом, немного освоившись, поднял голову и притворился, будто смотрит в окно, хотя на самом деле разглядывал парня, спавшего, прислонясь щекой к стеклу. Как и все они, парень был в форме. Коричневая рубашка, короткие черные штаны, черный галстук, белые гольфы, на рукаве — нашивка-ромбик: снизу и сверху красная, слева и справа белая. Посередине красовался тот же ломаный крест, что и на нарукавной повязке жестокого мужчины с вокзала в Мангейме. Пьеро невольно проникся уважением к соседям по купе и тоже захотел такую форму вместо старья, которое перед отъездом из приюта вернули ему сестры Дюран. Будь он в форме, никакие чужие девчонки ни на каких вокзалах не посмели бы насмехаться над его одеждой.

— Мой отец был солдат, — сам того не ожидая, объявил он и удивился, до чего громко вышло.

Парни замолчали и уставились на него, а спавший проснулся, заморгал и заозирался:

— Что, уже Мюнхен?

— Что вы сказали, юный мужчина? — переспросил высокий, явный лидер в группе.

— Я сказал, что мой папа был солдат, — повторил Пьеро, жалея, что открыл рот.

— Это когда же?

— На войне.

— У тебя акцент, — заметил парень, подавшись вперёд. — Говоришь ты хорошо, но ты ведь не немец, верно?

Пьеро покачал головой: нет.

— Дай догадаюсь. — Парень заулыбался и нацелил палец в самое сердце Пьеро. — Швейцарец. Нет, француз! Я прав?

Пьеро кивнул.

Парень поднял бровь и несколько раз потянул носом, словно пытаясь определить, чем это неприятно пахнет.

— И сколько же тебе лет? Шесть? Семь? Какой-то ты слишком маленький.

Пьеро, смертельно оскорблённый, выпрямил спину:

— Знаю. Но когда-нибудь я вырасту.

— Ага, лет через сто. А куда ты едешь?

— К тёте, — ответил Пьеро.

— Она тоже француженка?

— Нет, она немка.

Парень задумчиво помолчал, а затем его лицо озарилось улыбкой, не предвещавшей ничего хорошего.

— А знаешь ли ты, малыш, что я сейчас испытываю? — спросил он.

— Нет, — ответил Пьеро.

— Голод.

— Ты не завтракал?

Услышав это, два других парня громко расхохотались, но тотчас стихли под грозным взглядом своего вожака.

— Завтракал, — спокойно произнес тот. — Причем очень вкусно. И обед тоже не пропустил. А еще перекусил на вокзале в Мангейме. Но все равно голоден.

Пьеро глянул на сверток с едой, лежавший на коленях, и пожалел, что не спрятал его в чемодан вместе с подарком Симоны. Два бутерброда он собирался съесть сейчас и один — в следующем поезде.

— Может, тут есть ресторан? — предположил он.

— Но у меня нет денег, — парень с улыбкой развел руками, — я всего лишь очень молодой человек, который служит Родине. Простой роттенфюрер, сын преподавателя литературы. — Хотя, конечно, повыше чином, чем эти два презренных и жалких типа из «Гитлерюгенда». Твой отец богат?

— Мой отец умер.
— На войне?
— Нет. После.

Парень поразмыслил над этим.

— А мама твоя наверняка очень хорошенькая. — Он потянулся и дотронулся до щеки Пьеро.

— Мама тоже умерла, — ответил Пьеро, отстраняясь.

— Какая жалость. Тоже француженка, надо думать?

— Да.

— Тогда это не так уж и важно.

— Брось, Курт, — сказал парень у окна, — оставь его, он еще ребенок.

— Голос прорезался, Шленхайм? — рявкнул Курт, стремительно оборачиваясь к приятелю. — Тебе, похоже, пока ты спал и храпел как свинья, память отшибло? Забыл порядок?

Шленхайм нервно сглотнул и замотал головой.

— Приношу свои извинения, роттенфюрер Котлер, — краснея, промямлил он. — Я осмелился говорить без разрешения.

— Что ж, в таком случае повторяю, — Котлер опять переключился на Пьеро, — я голоден. Мне бы хоть что-нибудь съесть. Но постой-ка! Что это? — Он улыбнулся, сверкнув очень белыми зубами. — Бутерброды? — Он подался вперед, схватил сверток и понюхал его. — Похоже. Кто-то их тут забыл.

— Это мои, — сказал Пьеро.

— На них что, написано твое имя?

— На хлебе нельзя писать, — ответил Пьеро.

— В таком случае откуда нам знать, что они твои? Я нашел их и объявляю своим трофеем. — Котлер развернул бумагу, взял бутерброд, умял его в три укуса и уставился на следующий. — Вкуснятина.

Последний бутерброд он предложил Шленхайму, но тот отказался.

— Не хочешь есть? — спросил Курт.

— Нет, роттенфюрер Котлер.

— А разве не у тебя в животе урчит? Жри давай.

Шленхайм слегка дрожащей рукой потянулся за бутербродом.

— Молодец, — ухмыльнулся Котлер. — Жаль, больше нет. — Он, глядя на Пьеро, пожал плечами: — Было бы, я бы обязательно тебе дал. Видок у тебя, как будто с голоду помираешь!

Пьеро смотрел на обидчика и очень хотел высказать все, что думает о больших мальчишках, которые крадут еду у маленьких, однако что-то в Котлере — причем отнюдь не его габариты — словно бы говорило: лучше помолчи, а то хуже будет. В любом споре Пьеро проиграл бы. Глаза защипало, но он решил ни за что не плакать, уставился в пол и яростно заморгал, прогоняя слезы. Котлер чуть качнул носком ботинка, Пьеро поднял голову, и в лицо ему ударил пустой мятый пакет. Котлер вернулся к разговору с приятелями.

С той минуты и до самого Мюнхена Пьеро не раскрывал рта.

Через пару часов поезд подъехал к станции. Гитлерюгендовцы собирали вещи, а Пьеро мешкал, дожидаясь, пока они уйдут. Потом они остались в купе вдвоем с роттенфюрером Котлером; тот глянул вниз и наклонился прочитать, что написано у Пьеро на лацкане.

— Тебе здесь выходить. Твоя станция. — Он говорил так, будто никогда и не издевался над Пьеро и просто хотел помочь. Он сорвал с лацкана *Мюнхен* и вгляделся в оставшуюся бумажку.

Зальцбург.

— А, вижу, ты не в Германию едешь. В Австрию.

Внезапная паника охватила Пьеро. Он не желал вступать в беседу с этим парнем, но понимал, что спросить необходимо.

— А ты не туда, нет? — Пьеро в дрожь бросало при мысли, что они опять окажутся в одном поезде.

— Куда, в Австрию? — Котлер подхватил с сиденья ранец и направился к двери. Потом улыбнулся, сказал: — Нет. — И уже хотел уйти, но передумал и обернулся. — Пока что нет, — он подмигнул, — но скоро. Очень скоро, надеюсь. Сейчас у австрияков есть место, которое они называют домом, но в один прекрасный день... *пфф!* — Он сжал кончики пальцев и быстро развёл их, губами изобразив взрыв, расхохотался, вышел из купе на платформу и пропал из виду.

До Зальцбурга было меньше двух часов, Пьеро очень устал и проголодался, но, несмотря на изнеможение, боялся заснуть и пропустить свою станцию. Он мысленно рассматривал карту Европы, висевшую на стене его класса в Париже, и думал, где тогда может очутиться. Где-нибудь в России, наверное. А то и дальше.

Он ехал в вагоне один и, вспомнив о подарке, который Симона вручила ему на вокзале в Орлеане, достал его из чемодана, снял обертку и провел пальцами по названию книги.

Эрих Кестнер, прочитал он. *Эмиль и сыщики**.

---

* Эрих Кестнер (1899—1974) — немецкий писатель, сценарист и кабаретист. Его первая детская книжка «Эмиль и сыщики» вышла в октябре 1929 года, была распродана в Германии тиражом в два миллиона и переведена на 59 языков; она пользуется успехом и сейчас. В отличие от стерильно-сказочной детской литературы того времени действие романа Кестнера разворачивалось в современном большом Берлине. Свой вклад в успех книг Кестнера внес иллюстратор Вальтер Трир.

На обложке был изображен человек, бредущий по желтой улице, трое мальчиков следили за ним из-за колонны. В нижнем правом углу стояло слово *Трир*. Пьеро пробежал глазами начало:

— Вот что, Эмиль, — сказала миссис Тишбейн, — помоги мне, пожалуйста, отнести этот кувшин с горячей водой, хорошо? — Она взяла кувшин и синюю мисочку с ромашковым шампунем и быстро пошла из кухни в гостиную. Эмиль со вторым кувшином последовал за ней.

Довольно скоро Пьеро с удивлением узнал, что с мальчиком из книги, Эмилем, у них довольно много общего, — во всяком случае, если иметь в виду прежнего Пьеро. Эмиль жил с одной только мамой — правда, в Берлине, а не в Париже, — и папа у него умер. В самом начале романа Эмиль, как и Пьеро, отправился в путешествие на поезде, а какой-то мужчина в вагоне украл у него деньги, совсем как роттенфюрер Котлер бутерброды у Пьеро. Мальчик порадовался, что у него с собой нет денег. Но зато есть чемодан с одеждой, зубной щёткой, фотокарточкой родителей и новым рассказом Аншеля, полученным прямо перед отъездом из приюта и уже дважды прочитанным. Там говорилось о мальчике, над которым всячески издеваются люди, считавшихся его друзьями. Рассказ показался Пьеро страшноватым. Ему больше нравилось то, что Аншель писал раньше, про колдунов и говорящих животных. Пьеро придвинул чемодан ближе — на случай, если сюда тоже войдет какой-нибудь Макс Грундейс, как к Эмилю. И вскоре покачивание поезда его убаюкало. Глаза сами собой закрылись, книга выскользнула из рук, и он задремал.

Буквально через две секунды — так ему показалось — Пьеро, сильно вздрогнув, проснулся от громкого стука в окно. Он с удивлением огляделся, не понимая, где находится, и задохнулся от ужаса: всё-таки умудрился уехать в Россию. Поезд стоял, и в вагоне царила зловещая тишина.

Стук раздался снова, громче, но окно так запотело, что Пьеро не видел платформы. Он провел рукой по стеклу, расчистив идеальную дугу, и сквозь нее разглядел огромную вывеску — там, к счастью, было написано *Зальцбург*. За окном стояла довольно красивая женщина с длинными рыжими волосами. Она что-то говорила, но Пьеро не мог разобрать слов. Она повторила — опять непонятно. Он потянулся, открыл форточку и тогда наконец услышал ее.

— Пьеро! — кричала женщина. — Это я! Твоя тетя Беатрис!

Глава 5

Дом на вершине горы

Пьеро проснулся в незнакомой комнате. Под потолком длинные светлые деревянные балки перекрещивались с темными опорными столбами, а прямо над головой в углу висела огромная паутина, чей создатель зловеще вращался на тонкой шелковистой ниточке.

Минут пять Пьеро лежал неподвижно и пытался восстановить в памяти события вчерашнего дня. Последнее, что он помнил, — то, как сошел с поезда и шагал по платформе рядом с женщиной, назвавшейся его тетей, а затем влез на заднее сиденье автомобиля, где за рулем сидел мужчина в темно-серой форме и шоферском кепи. Но дальше — провал. Нет, еще одно воспоминание, как в тумане: он упомянул о парне из «Гитлерюгенд», который приставал к нему и отобрал бутерброды. Шофер начал было говорить что-то про «этих юнцов», но тетя Беатрис, шикнув, заставила его замолчать. Вскоре Пьеро, видимо, заснул — и во сне взлетал все выше и выше под облака, и ему становилось все холоднее. Затем две сильные руки вытащили его из машины и отнесли в спальню; женщина подоткнула под него одеяло, поцеловала в лоб и выключила свет.

Пьеро сел и осмотрелся. Комната довольно маленькая, меньше даже, чем дома в Париже. Из мебели — кровать, комод, на нем кувшин и таз, в углу шкаф. Приподняв простыню, мальчик с удивлением обнаружил на себе длинную ночную рубашку — и ничего больше. Значит, кто-то его раздел. Пьеро зарделся; кто бы это ни был, получается, он видел *все*.

Мальчик встал и прошел к шкафу, босые ноги на деревянном полу мерзли. Его вещей в шкафу не оказалось. Он открыл ящики комода — тоже пусто. Зато кувшин доверху налит водой. Пьеро отхлебнул чуть-чуть, прополоскал рот и выплюнул, затем налил воду в таз и ополоснул лицо. После, у единственного окна, он отвел занавеску и хотел посмотреть, но сквозь замерзшее стекло едва различил что-то белое и зеленое — наверное, поле с травой, усердно пробивающейся из-под снега. Живот слегка подвело от волнения.

Где я? Очень хотелось знать.

Обернувшись, он увидел на стене портрет чрезвычайно серьезного человека с усиками. Глядит в пространство; желтый китель, железный крест на нагрудном кармане, одна рука покоится на спинке кресла, другая упирается в бедро. За спиной человека картина: деревья, и тучи сгущаются, как будто перед сильной грозой.

Пьеро засмотрелся на мужчину — в его лице было что-то гипнотическое — и опомнился, лишь заслышав в коридоре шаги. Он быстро прыгнул назад в постель и натянул простыню до подбородка. Ручка двери повернулась, и в комнату сунулась полная девица лет восемнадцати с рыжими волосами и красным лицом.

— Проснулся, значит, — сказала она обвинительным тоном.

Пьеро молча кивнул.

— Идем со мной, — велела девица.

— Куда?

— Куда надо. Пошли. И быстрее. И не задавай дурацких вопросов, без тебя дел невпроворот.

Пьеро встал и направился к этой командирше, глядя не на нее, а себе под ноги.

— Где моя одежда? — спросил он.

— В печке, — ответила она. — Сейчас это уже не одежда, а пепел.

Пьеро ахнул от ужаса. Вещи, в которых он ехал в поезде, мама купила ему на семь лет; они тогда в последний раз вместе ходили в магазин.

— А чемодан?

Она без капли сожаления пожала плечами:

— Там же. Нам в доме паршивая вонючая дрянь не нужна.

— Но там... — начал было Пьеро.

— Все, хватит языком молоть. — Она обернулась и покачала пальцем у него перед носом. — Вещи твои были грязные и, поди, кишмя кишели всякой мерзостью. Им в печке самое место. А тебе крупно повезло попасть в Бергхоф и...

— Куда? — переспросил Пьеро.

— В Бергхоф, — повторила девица. — Так называется этот дом. И мы тут капризов не терпим. Так что давай — скоренько за мной. И чтоб я больше ни слова от тебя не слышала.

Он зашагал по коридору, глядя направо и налево, изучая незнакомую обстановку. Дом, почти целиком деревянный, был красив и уютен, но фотографии на стенах — где офицеры стояли навытяжку и впивались глазами в объектив так, словно хотели, чтобы он треснул, — казались здесь не слишком уместными. Однако они буквально заворожили Пьеро. От этих военных, сильных, красивых, грозных, словно било электричеством. Станет ли Пьеро таким же грозным, когда вырастет? Хорошо бы. Тогда никто не осмелится сшибать его с ног на вокзалах и красть у него бутерброды в поездах.

— Это она фотографирует. — Девица, увидев, что Пьеро замер у фото, остановилась.

— Кто?

— Хозяйка. Ну ладно, хватит плестись — вода остывает.

Пьеро не понял, что имеется в виду, но вслед за девицей спустился по лестнице, и они повернули налево.

— Еще раз: как тебя зовут? — спросила она, оглядываясь. — Я чего-то никак не упомню.

— Пьеро.

— Что это еще за имя?

— Не знаю. — Он пожал плечами. — Мое имя, и все.

— Не пожимай плечами, — сказала девица. — Хозяйка этого не терпит. Простонародная, говорит, привычка.

— В смысле, моя тетя? — спросил Пьеро.

Девица остановилась как вкопанная и сначала смотрела на него, не говоря ни слова, а потом, запрокинув голову, так и покатилась со смеху.

— Беатрис не хозяйка, — объяснила она, — а всего лишь экономка. А хозяйка... Ну, хозяйка, она и есть хозяйка, ясно? Она тут главная. Указывает

103

твоей тете, что делать. И вообще нам всем.

— А вас как зовут?

— Герта Тайссен, — представилась девица. — Я служанка, вторая по старшинству.

— А сколько всего служанок?

— Две. Но хозяйка говорит, что скоро понадобятся еще, и когда они появятся, я все равно буду вторая и буду ими командовать.

— А вы тоже здесь живете? — поинтересовался Пьеро.

— Ну да. Думаешь, я сюда на минуточку забежала, так, для зарядки? Тут хозяин с хозяйкой живут, когда наезжают, хотя, правда, вот уже недель несколько глаз не кажут. Иной раз на выходные заглянут, когда на подольше, а то, бывает, и целый месяц их нет. Потом еще есть Эмма — кухарка, с ней шутки плохи, учти. Потом Юте, старшая служанка. Ну и конечно же, Эрнст, шофер. Да ты его, поди, видел вчера вечером. Он прямо прекрасный! И красивый, и веселый, и заботливый. — Она на минуту умолкла и счастливо вздохнула. — Да, и твоя тетя, понятное дело. Экономка. А у входа обычно еще два солдата на страже, но они так часто меняются, что и знакомиться смысла нету.

— А где сейчас моя тетя? — спросил Пьеро, уже решив, что Герта не особо ему нравится.

— Поехала с Эрнстом под гору купить кой-чего нужное. Наверно, скоро вернется. Хотя когда они вдвоем уезжают, то сроду не угадаешь. Тете твоей его времени ни капельки не жалко. Ох, сказала бы я ей, что про это про все думаю, да только она главней меня и, не приведи господь, еще хозяйке нажалуется.

Герта открыла дверь, и Пьеро вслед за ней вошел в комнату. В центре стояла жестяная ванна, и от воды, налитой до середины, поднимался пар.

— У вас сегодня стирка? — спросил мальчик.

— Нет, это для тебя. — Герта закатала рукава. — Давай снимай свою рубаху и залезай, я тебя ототру как следует. Ты небось грязи на себе понавез невесть сколько. Французы, они все грязные, других не встречала.

— Нет. — Пьеро затряс головой и попятился, выставив перед собой ладони, как щит. Он ни за что на свете не собирался разоблачаться перед незнакомым человеком — и особенно перед девушкой. Ему и в приюте не нравилось снимать одежду при всех, а ведь в спальне были одни мальчики. — Нет, нет, нет. Ни за что. Я рубашку не сниму. Извините, но нет.

— Как же, тебя не спросили. — Герта уперла руки в боки и воззрилась на него, будто на диковинного зверька. — Приказ есть приказ, Пьер...

— Пьеро.

— И ты это очень скоро поймешь. Нам приказывают, мы выполняем. Всегда и беспрекословно.

— Не буду раздеваться, — сказал Пьеро, багровый от смущения. — Меня даже мама с пяти лет не купала.

— Мамаша твоя померла, я слыхала. А папаша сиганул под поезд.

Пьеро уставился на служанку, не в силах вымолвить ни слова. Он не верил своим ушам: как можно быть такой жестокой?

— Я сам помоюсь. — Его голос слегка дрогнул. — Я умею, я все сделаю как надо. Честное слово.

Герта сдалась:

— Хорошо. — Она сунула ему в руку брусок мыла. — Через пятнадцать минут вернусь, и чтоб от этого куска помину не осталось, понял? Иначе я сама за тебя возьмусь, и тогда уж никакое нытье тебя не спасет.

Пьеро кивнул, выдохнул с облегчением, дождался, чтобы Герта вышла, снял рубашку и осторожно залез в ванну. Лег на спину и закрыл глаза, блаженствуя. Вот неожиданный подарок; он давным-давно не принимал не то что горячей, хотя бы тепловатой ванны. В приюте вода была одна на всех, и всегда холодная. Он энергично потер в ладонях мыло, хорошенько его вспенил и начал мыться.

Скоро вода потемнела от грязи, которой накопилось изрядно. Пьеро нырнул, забавляясь тем, как сразу пропали все звуки внешнего мира, и принялся за волосы, тер голову изо всех сил. Потом, тщательно ополоснувшись, сел и стал скрести ступни и кисти. К его радости, мыло быстро уменьшалось, но он не успокоился, пока оно не исчезло совсем, — теперь Герта, когда вернется, точно не исполнит своей ужасной угрозы.

Служанка — не постучав! — вошла с большим полотенцем и развернула его перед Пьеро.

— Ну-ка, — велела она, — вылазь.
— Отвернитесь, — попросил Пьеро.
— Господи, мать честная. — Герта вздохнула, отвернула лицо и закрыла глаза. Пьеро вылез из ванны и позволил ей обхватить себя целиком. Ткань оказалась невероятно мягкая и пушистая, он и не представлял, что такая бывает; его маленькое тело блаженствовало, и он с радостью остался бы в полотенце навсегда.

— Так, — сказала Герта. — Чистые вещи я положила у тебя на кровати. Они большие, будут велики, но ничего не попишешь. Беатрис, я слыхала, повезет тебя потом под гору, там и принарядит.

Опять гора.

— А что это за гора? — спросил Пьеро. — Что это вообще за место?

— Больно ты любопытный. — Герта отвернулась. — Некогда мне с тобой болтать, дела у меня. Одевайся, а сойдёшь вниз, так поешь, если голодный.

Пьеро, как был в полотенце, побежал в свою комнату; ноги оставляли на деревянном полу еле заметные следы. На постели и правда аккуратной стопкой лежало несколько вещей. Мальчик оделся, закатал рукава рубашки, подвернул брюки и, насколько мог, затянул подтяжки. Огромный толстый свитер свисал ниже колен, и Пьеро его снял, решив, что ничего, можно и помёрзнуть.

Он спустился по лестнице и огляделся, не зная, куда теперь идти. Вокруг было пусто, и спросить не у кого.

— Эй? — позвал он тихо, боясь слишком привлекать к себе внимание, но очень надеясь, что его услышат. — Эй? — повторил он, направляясь к входной двери. Из-за неё доносились голоса, смеялись двое мужчин.

Пьеро, повернув ручку, открыл дверь и обнаружил, что на улице хоть и холодно, но солнечно. Пьеро вышел. Мужчины бросили недокуренные сигареты, затоптали их, вытянулись во фрунт и уставились прямо перед собой. Две живые статуи в серой форме с широким черным ремнем, в серых фуражках с козырьком и черных сапогах почти до колен.

У обоих на плечах висели винтовки.

— Доброе утро, — боязливо произнес Пьеро.

В ответ не раздалось ни звука. Он прошел немного вперед, обернулся и посмотрел сначала на одного, потом на другого; они безмолвствовали и выглядели довольно-таки нелепо. Пьеро стало смешно, он растянул пальцами рот и выпучил глаза, как лягушка, стараясь не слишком хихикать. Солдаты не реагировали. Он запрыгал на одной ноге и захлопал ладонью по рту, издавая боевой клич. Ноль эмоций.

— Я Пьеро! — провозгласил он. — Царь горы!

Тут один солдат чуть шевельнулся, и по тому, как изменилось его лицо, искривилась губа и немного приподнялось плечо вместе с винтовкой, Пьеро понял, что, кажется, от часовых лучше отстать.

Ему хотелось вернуться в дом и, как предлагала Герта, что-нибудь съесть, ведь он голодал уже целые сутки, с самого Орлеана, но все-таки куда больше тянуло осмотреться, выяснить, где он, собственно, находится. Он шагал по траве, подернутой инеем и приятно хрустевшей под ногами, и вертел головой, рассматривая окрестные пейзажи. От них поистине захватывало дух. Пьеро был не просто на вершине горы; он был на одной из гор целого массива, среди огромных острых вершин, терявшихся в облаках. Заснеженные макушки сливались с белесым небом, и облака, теснясь, не позволяли отличить одну гору от другой. Пьеро в жизни не видел ничего подобного. Он обошел дом с другой стороны, посмотреть, что там.

Там оказалось сказочно прекрасно. Безбрежный и безмолвный мир, замерший в безмятежности.

Издалека донесся какой-то звук, и Пьеро, обогнув дом, глянул на дорогу, которая начиналась у парадного входа и вилась через Альпы, через горные гряды, хаотично виляя то влево, то вправо, а потом пропадала где-то далеко внизу, в тумане. «Интересно, какая тут высота?» — подумал Пьеро. Он полной грудью вдыхал чистый, бодрящий воздух и остро ощущал, как его душа наполняется удивительной благодатью. Еще раз поглядев на дорогу, он увидел, что вверх, к дому, взбирается автомобиль. Может, надо вернуться к себе в комнату, пока машина еще далеко? Жалко, нет Аншеля, уж он бы знал, что делать. Из приюта Пьеро писал другу регулярно, но отъезд случился так неожиданно, что сообщить о нем не нашлось времени. Надо поскорее написать, вот только какой указать адрес?

Пьеро Фишеру,
Горная вершина,
Незнамо где под Зальцбургом.

Вряд ли почтальон такому обрадуется. Автомобиль остановился двадцатью футами ниже, около пропускного пункта. Пьеро смотрел, как из деревянного домика выходит солдат, поднимает шлагбаум и рукой показывает: проезжайте. Эта же машина встречала Пьеро вчера вечером на вокзале, черный «фольксваген» с раздвижной крышей и двумя трепещущими на ветру черно-бело-красными флажками на капоте. «Фольксваген» подъехал, из машины выскочил Эрнст и направился к задней двери, которую открыл, и появилась тетя Пьеро. Они оживленно поговорили с минуту, потом тетя глянула на солдат у двери и будто бы переодела лицо — оно сделалось суровым. Эрнст вернулся за руль, проехал чуть вперед и там поставил машину.

Беатрис спросила что-то у часового, тот показал на Пьеро, она повернулась и встретилась с мальчиком взглядом. Лицо ее опять смягчилось, расцвело в улыбке, и он вдруг понял, как она похожа на его отца. Точно такое же выражение бывало и у Вильгельма, и Пьеро безумно захотелось вновь оказаться в Париже, в чудесном прошлом, когда мама и папа были живы и заботились о нем, и любили его, и берегли от невзгод, и Д'Артаньян, царапаясь в дверь, просился гулять, и Аншель на первом этаже всегда готов был учить друга новым беззвучным словам, которые произносятся пальцами.

Беатрис приветственно подняла руку, Пьеро, чуть помедлив, поднял в ответ свою и пошел к тете, и с каждым шагом ему становилось все любопытнее, какие сюрпризы готовит его новая жизнь.

Глава 6

Поменьше француза, побольше немца

На следующее утро Беатрис вошла в комнату Пьеро и сказала, что сегодня они поедут под гору покупать новую одежду.

— Твоя парижская здесь совершенно не годится. — Она оглянулась, шагнула к двери и закрыла ее. — Наш хозяин очень строг к таким вещам. Да и вообще, безопаснее будет носить немецкий национальный костюм. Твои вещи на вкус хозяина слишком вольнодумные.

— Безопаснее? — удивился Пьеро.

— Я с трудом его упросила, чтобы он разрешил тебя взять, — объяснила тетя. — Он к детям не привык. Мне пришлось обещать, что с тобой никаких хлопот не будет.

— А своих детей у него нет? — Пьеро надеялся, что есть хотя бы один ребенок его возраста и что он приедет вместе с хозяином.

— Нет. Поэтому лучше его не раздражать, чтобы он не отправил тебя обратно в Орлеан.

— В приюте оказалось не так плохо, как я боялся, — сказал Пьеро. — Симона и Адель очень хорошо со мной обращались.

— Да, конечно. Но семья — вот что самое главное. А мы с тобой семья. Больше ни у меня, ни у тебя никого нет. Мы должны поддерживать друг друга.

Пьеро кивнул. Однако с тех самых пор, как от тёти пришло письмо, его мучил один вопрос, который он и задал:

— Почему мы раньше не встречались? Почему вы ни разу не приезжали в Париж к нам с мамой и папой?

Беатрис покачала головой и встала.

— Сейчас не время об этом говорить, — ответила она. — Если хочешь, давай в другой раз. А теперь пойдём, ты, наверное, голодный.

После завтрака они вышли во двор, где Эрнст, небрежно опершись на автомобиль, читал газету. Он поднял голову, заметил их, улыбнулся, сложил газету пополам, сунул ее под мышку и распахнул заднюю дверь. Пьеро восхитился его формой: какая красивая! Интересно, не удастся ли уговорить тетю купить что-то подобное и ему? Пьеро всегда нравилась военная форма. У отца в парижской квартире хранился яблочно-зеленый мундир — воротник-стойка, шесть пуговиц в ряд — и еще брюки в тон. Папа никогда этого не надевал, но однажды застал Пьеро, когда тот пытался стащить мундир с вешалки, и буквально окаменел в дверях. Мама страшно ругалась: нельзя трогать чужие вещи.

— Доброе утро, Пьеро! — весело сказал шофер и взъерошил мальчику волосы. — Как спал, хорошо?

— Очень хорошо, спасибо.

— А мне сегодня снилось, что я играю в футбол за Германию, — поведал Эрнст. — Против англичан. Я забил решающий гол, и меня унесли с поля на плечах, а кругом все ликовали.

Пьеро кивнул. Он не любил, когда пересказывают сны. Это напоминало некоторые рассказы Аншеля, весьма хитроумные, но на самом деле бессмысленные.

— Куда прикажете, фройляйн Фишер? — Эрнст низко склонился перед Беатрис и театрально коснулся фуражки кончиками пальцев.

Тетя, усаживаясь, смеялась:

— Очевидно, Пьеро, меня повысили в должности. Эрнст никогда еще не обращался ко мне с таким почтением. В город, пожалуйста. Пьеро нужна новая одежда.

— Не слушай ее, Пьеро. — Эрнст сел за руль и включил зажигание. — Твоя тетя прекрасно знает, какого высокого я о ней мнения.

Пьеро посмотрел на Беатрис. Та встретилась глазами с шофером в зеркальце на лобовом стекле, ее лицо осветила легкая полуулыбка, а щеки порозовели. Машина тронулась с места. Пьеро в заднее окошко успел увидеть дом, исчезающий за поворотом. Деревянный, светлый, он был невероятно красив и средь сурового заснеженного ландшафта казался сказочным.

— Помню, как меня в первый раз поразило это зрелище, — сказала Беатрис, проследив за взглядом Пьеро. — Абсолютная безмятежность! Я не могла поверить, что такое бывает. И была уверена, что здесь всегда царит полный покой.

— И царит, — пробормотал Эрнст тихо, но Пьеро все равно услышал. — Когда *его* нет.

— А давно вы тут живете? — поинтересовался Пьеро, поворачиваясь к тете.

— Ну, когда я только приехала, мне было тридцать четыре, значит... уже чуть больше двух лет.

Пьеро внимательно на нее посмотрел. Она, безусловно, была весьма хороша собой. Длинные рыжие локоны, чуть завивающиеся над плечами, и бледная, удивительно чистая кожа.

— Так вам тридцать шесть? — помолчав секунду, вычислил Пьеро. — Значит, вы уже старая!

Беатрис громко ахнула и тут же расхохоталась.

— Пьеро, нам с тобой надо будет кое о чем потолковать, — сказал Эрнст. — Если ты хочешь когда-нибудь обзавестись подружкой, то научись обращаться с женщинами. Нельзя говорить, что они старые. Всегда называй возраст лет на пять меньше, чем тебе кажется.

— Не нужна мне никакая подружка, — поспешно заявил Пьеро, в панике от самой этой идеи.

— Это ты сейчас так думаешь. А посмотрим, что скажешь лет через пять.

Пьеро всем видом показал, что такое попросту невозможно. Он вспомнил Аншеля, который сошел с ума из-за новенькой девочки в классе, писал ей рассказы, подкладывал в парту цветы. Пьеро пробовал провести с другом серьезную беседу, но без всякого толку: Аншель потерял голову. Все это, с точки зрения Пьеро, было до ужаса нелепо.

— А вам, Эрнст, сколько лет? — Пьеро, чтобы лучше видеть шофера, просунулся между передними сиденьями.

— Двадцать семь, — глянув через плечо, ответил Эрнст. — Знаю, в это трудно поверить. На вид я совсем еще юн и зелен.

— Смотри на дорогу, Эрнст, — тихо произнесла тетя Беатрис, но в ее голосе угадывалась улыбка. — А ты, Пьеро, сядь нормально, потому что так опасно. Вот наедем на кочку...

— Вы собираетесь жениться на Герте? — не слушая, продолжил допрос Пьеро.

— На Герте? Какой Герте?
— Служанке.
— *Герте Тайссен?* — Эрнст аж привзвизгнул от ужаса. — Святое небо, нет конечно. С чего ты взял?

— Она сказала, что вы красивый, веселый и заботливый.

Беатрис прыснула и прикрыла рот ладонью.

— А может, это правда, Эрнст? — поддразнивая, спросила она. — Наша нежная Герта в вас влюблена?

Эрнст пожал плечами:

— А в меня все женщины влюбляются. Таков мой крест. Только взглянут на меня — и готово дело, пропали навеки. — Он щелкнул пальцами. — Нелегко, знаете ли, быть таким красавцем.

— Да, и таким скромником, — добавила Беатрис.

— Может, ей нравится ваша форма, — предположил Пьеро.

— Всякой девушке нравится мужчина в форме, — согласился Эрнст.

— Всякой девушке, вероятно, — заметила Беатрис. — Но не всякая форма.

— А ты знаешь, зачем люди носят форму, а, Пьеро? — продолжал шофер.

Мальчик помотал головой.

— Затем, что человеку в форме кажется, будто ему все дозволено.

— Эрнст, — тихо сказала Беатрис.

— И что он волен поступать с людьми так, как никогда не посмел бы в обычной одежде. Лычки, шинели, высокие сапоги — все это дает право проявлять жестокость без всякого зазрения совести.

— Эрнст, хватит, — потребовала Беатрис.

— По-твоему, я не прав?

— Тебе прекрасно известно мое мнение. Но сейчас не время для подобных бесед.

Эрнст промолчал и дальше ехал не раскрывая рта, а Пьеро обдумывал его слова и пытался найти в них смысл. Он вообще-то был не согласен. Форма — это красиво, он и сам бы против формы совершенно не возражал.

— А тут есть дети, с кем можно играть? — спросил он чуть погодя.

— К сожалению, нет, — ответила Беатрис. — В городе — да, там детей много. И ты, конечно же, скоро пойдешь в школу и обязательно заведешь друзей.

— А они смогут приезжать ко мне на гору?

— Нет, вряд ли хозяин будет доволен.

— Нам, Пьеро, надо теперь стоять друг за друга, — снова подал голос Эрнст. — Мне в доме давно не хватало еще одного мужика. А то, знаешь, эти женщины помыкают мной как хотят.

— Но вы ведь старый, — ответил Пьеро.

— Ну, *не так чтобы очень*.

— Двадцать семь — это древность.

— Если это древность, что же ты скажешь обо мне? — поинтересовалась Беатрис.

Пьеро на пару секунд задумался.

— А вы доисторическая. — Он захихикал, и Беатрис тоже засмеялась.

— О боже, юный Пьеро, — вздохнул Эрнст, — ничего-то ты не смыслишь в дамах.

— А в Париже у тебя было много друзей? — спросила Беатрис.

Пьеро кивнул:

— Порядочно. И еще один смертельный враг, который называл меня Козявкой за то, что я маленький.

— Ты вырастешь, — пообещала Беатрис, а Эрнст сказал:

— Гадов везде хватает.

— А мой *самый* лучший друг — Аншель. Он жил в квартире под нами. По нему я больше всего скучаю. У него сейчас моя собака, Д'Артаньян, потому что в приют с собаками не пускают. Когда мама умерла, я жил у Аншеля, но его мама не захотела, чтобы я там оставался.

— Почему? — спросил Эрнст.

Пьеро хотел было пересказать подслушанный им кухонный разговор мадам Бронштейн и ее подруги, но передумал. Он не мог забыть, как разозлилась мама Аншеля, увидев на нем ермолку сына, и как она не хотела брать его в храм.

— Мы с Аншелем почти всегда были вместе, — сказал он, словно бы не услышав вопрос Эрнста. — Ну, то есть, если только он не писал свои рассказы.

— Рассказы? — удивился Эрнст.

— Он хочет стать писателем, когда вырастет.

Беатрис еле заметно улыбнулась.

— И ты тоже? — спросила она.

— Нет, — ответил Пьеро. — Я несколько раз пробовал, но у меня получалась белиберда. Но зато я много выдумывал и рассказывал всякое смешное про школу, а Аншель потом уходил на часок и возвращался уже с рассказом. И он всегда говорил: хоть это я написал, но это все равно твоя история.

Беатрис задумчиво побарабанила пальцами по кожаному сиденью.

— Аншель... — проговорила она. — Конечно! Это же его мама написала мне и сообщила, где тебя искать. Напомни, Пьеро, как фамилия твоего друга?

— Бронштейн.

— Аншель Бронштейн. Ясно.

И снова Пьеро заметил, как взгляды Эрнста и тети мимолетно пересеклись в зеркале, но на этот раз шофер, посерьезнев, коротко мотнул головой.

— Мне здесь будет скучно, — с убитым видом констатировал Пьеро.

— Здесь и кроме школы всегда есть чем заняться, — успокоила Беатрис. — Уверена, что и тебе найдется работа.

— Работа? — удивился Пьеро.

— Да, именно. Все в доме на горе должны работать. Даже ты. Работа делает человека свободным — так говорит наш хозяин.

— Я вроде и так свободен, — сказал Пьеро.

— Мне тоже так казалось, — отозвался Эрнст. — Но, выходит, мы с тобой оба ошибались.

— Перестань, Эрнст, — оборвала Беатрис.

— А какую работу? — спросил Пьеро.

— Пока не знаю, — ответила она. — У хозяина наверняка есть планы на этот счет. А если нет, мы с Гертой что-нибудь придумаем. Или будешь помогать Эмме на кухне. Ой, да не переживай ты, Пьеро! В наши дни все немцы, и старые, и молодые, обязаны что-то делать на благо Родины.

— Но я не немец, — возразил Пьеро. — Я француз.

Беатрис быстро повернулась к нему, и улыбка сошла с ее лица.

— Ты родился во Франции, это правда, — сказала она. — И твоя мама была француженка. Но твой отец, мой старший брат, был немец. А значит, и ты немец, понимаешь? И отныне лучше никому не рассказывай, откуда ты родом.

— Но почему?

— Так безопаснее. И есть еще кое-что, о чем я хотела с тобой поговорить. Твое имя.

— Имя? — Пьеро посмотрел на нее и нахмурился.

— Да. — Она замялась, будто бы собираясь с духом, чтобы сказать что-то неприятное. — Мне кажется, его надо сменить. Не стоит тебе зваться Пьеро.

От изумления у него даже рот приоткрылся, Пьеро не мог поверить, что не ослышался.

— Но меня *всегда* звали Пьеро! — воскликнул он. — Это... это... ну, это мое имя!

— Но оно такое *французское*. Я вот думаю, давай мы лучше будем звать тебя Петер. То же самое имя, только по-немецки. Разница не слишком большая.

— Никакой я не Петер, — настаивал Пьеро. — Я Пьеро.

— Прошу тебя, Петер...

— Пьеро!

— Можешь меня послушать? Для себя ты, конечно же, так и останешься Пьеро. Однако в доме на горе, при других — и особенно при хозяине с хозяйкой, — ты будешь Петер.

Пьеро вздохнул:

— Не нравится мне это.

— Ты должен понять, что я прежде всего пекусь о твоих интересах. Потому я и взяла тебя к себе, чтобы ты жил здесь, со мной. Я хочу, чтобы ты был в безопасности. И только так могу тебя защитить. Ты должен слушаться, Петер, даже если мои просьбы кажутся тебе странными.

В машине стало очень тихо. Они по-прежнему спускались с горы, и Пьеро думал о том, сколько еще изменений в его жизни случится до конца года.

— А как называется город, куда мы едем? — наконец спросил он.

— Берхтесгаден, — ответила Беатрис. — Осталось уже недолго. Через несколько минут будем.

— А мы еще в Зальцбурге? — Пьеро думал так, потому что именно это название было на последней бумажке, приколотой к его лацкану.

— Нет, мы примерно в двадцати милях от Зальцбурга, — сказала тетя. — Вот эти горы — Баварские Альпы. Вон там, — она показала налево, — австрийская граница. А там, — и она показала направо, — Мюнхен. Ты ведь проезжал через Мюнхен, да?

— Да, — Пьеро кивнул. — И через Мангейм, — добавил он, вспомнив военного, который пытался отдавить ему руку и, похоже, наслаждался тем, что причиняет боль. — Значит, наверное, вон там, — он вытянул руку и показал далеко, за горы, в невидимый мир, — Париж. Мой дом.

Беатрис заставила Пьеро опустить руку.

— Нет, Петер, — покачала головой она и оглянулась на вершину горы, — твой дом там. На Оберзальцберге. Там ты теперь живешь. Ты больше не должен вспоминать о Париже. Вероятно, ты его еще очень долго не увидишь.

Пьеро физически ощутил, как весь до краев заполняется печалью, и мамино лицо встало перед глазами, и картинка: они вечером сидят рядышком у камина, она вяжет, а он читает или рисует в альбоме. Пьеро вспомнил Д'Артаньяна и мадам Бронштейн, а когда подумал об Аншеле, его пальцы сами собой сложились в знак лисы, а потом — собаки.

Я хочу домой, подумал он, жестикулируя так, чтобы понял его лучший друг.

— Что это ты делаешь? — удивилась Беатрис.

— Ничего. — Пьеро уронил руки и уставился в окно.

Через несколько минут они прибыли в городок Берхтесгаден, и Эрнст поставил машину в тихом месте.

— Вы долго? — спросил он, оборачиваясь к Беатрис.

— Ну, какое-то время, — сказала та. — Ему нужна одежда, нужны ботинки. И еще неплохо бы его постричь, как считаешь? Поменьше француза, побольше немца — вот наша задача.

Шофер внимательно посмотрел на Пьеро и кивнул:

— Да, пожалуй. Чем он будет опрятнее, тем лучше. А то ведь, в конце концов, он может еще и передумать.

— Кто может передумать? — спросил Пьеро.

— Ну что, скажем, через два часа? — Беатрис проигнорировала вопрос племянника.

— Да, хорошо.

— А во сколько у тебя?..

— Примерно в полдень. Встреча займет около часа.

— Что за встреча, куда вы идете? — полюбопытствовал Пьеро.

— Никуда я не иду, — ответил Эрнст.

— Но вы только что сказали...

— Петер, ш-ш, — шикнула тетя Беатрис. — Тебя не учили, что слушать чужие разговоры нехорошо?

— Но я же сижу прямо здесь! — возмутился он. — Как же я могу их *не* слышать?

— Все нормально. — Эрнст обернулся к мальчику, улыбаясь: — Тебе понравилась поездка?

— Да вроде, — сказал Пьеро.

— Ты, наверное, тоже хочешь научиться хорошо водить машину?

Пьеро кивнул:

— Хочу. Я люблю машины.

— Тогда, если будешь себя хорошо вести, я, пожалуй, тебя научу. Сделаю тебе такое одолжение. А ты взамен сделаешь одолжение мне?

Пьеро поглядел на тетю, но она молчала.

— Попробую, — проговорил он.

— Нет, попробовать мало, — сказал Эрнст. — Ты пообещай.

— Хорошо, обещаю, — согласился Пьеро. — А что надо делать?

— Это касается твоего друга, Аншеля Бронштейна.

— А что такое? — Пьеро наморщил лоб.

— Эрнст... — нервно произнесла Беатрис, подавшись вперед.

— Минутку, Беатрис. — Шофер, как совсем недавно, стал очень серьезен. — Одолжение заключается в следующем: я прошу тебя никогда не упоминать имени этого мальчика в доме на горе. Понимаешь?

Пьеро смотрел на него как на сумасшедшего.

— Но почему? Это же мой лучший друг. Я знаю его с рождения. Он мне как брат.

— Нет, — резко ответил шофер, — он тебе не брат. Не говори так. Думай, если хочешь. Но вслух не говори.

— Эрнст прав, — поддержала Беатрис. — Лучше вообще не говори о своем прошлом. Вспоминай, конечно, но молчи.

— И об этом мальчике, Аншеле, ни слова, — повторил Эрнст.

— О друзьях говорить нельзя, называться своим именем нельзя, — тоскливо пробормотал Пьеро. — Чего еще мне нельзя?

— Не волнуйся, это все. — Эрнст улыбнулся. — Следуй этим правилам — и в один прекрасный день я научу тебя водить машину.

— Хорошо, — буркнул Пьеро. Не свихнулся ли случайно этот шофер, подумал он. Весьма некстати для человека, который по нескольку раз в день ездит на гору и обратно.

— Через два часа, — напомнил Эрнст, когда они с тетей выходили из машины.

Обернувшись, Пьеро увидел, что шофер нежно коснулся локтя тети и они посмотрели друг другу прямо в глаза — не столько ласково, сколько тревожно.

На улицах городка было людно, и по дороге тетя Беатрис несколько раз здоровалась со знакомыми, представляла им Пьеро и объясняла, что он приехал жить к ней в Бергхоф. То и дело попадались солдаты; четверо сидели перед таверной, курили и пили пиво, несмотря на ранний час. Завидев Беатрис, они выбросили сигареты и приосанились. Один безуспешно попытался спрятать за каской высокий стакан с пивом. Тетя намеренно не смотрела в их сторону, но Пьеро очень заинтриговала вызванная ее появлением суета.

— Вы знаете этих солдат? — спросил он.

— Нет, — ответила Беатрис. — Зато они меня знают. И боятся, как бы я не донесла, что они пили пиво, вместо того чтобы нести службу. Стоит хозяину уехать, как они начинают манкировать своими обязанностями. Так, нам сюда. — Они подошли к витрине магазина одежды. — Вроде на вид ничего, да?

Следующие два часа стали для Пьеро, пожалуй, самыми скучными в жизни. Беатрис заставила его перемерить кучу всего, что составляло немецкий национальный костюм — белые рубашки с кожаными штанами на коричневых кожаных подтяжках и белые гольфы. Затем они переместились в обувную лавку, где Пьеро измерили ноги и заставили ходить в ботинках туда-сюда, а сами внимательно на него смотрели. Потом тетя и племянник вернулись в первый магазин, где одежду успели подогнать по фигуре, и Пьеро вновь пришлось по очереди все это надевать и медленно вертеться посреди помещения перед продавцом и Беатрис.

Он чувствовал себя идиотом.

— Можно уже идти? — проныл он, когда тетя выписала чек.

— Да, конечно, — ответила она. — Проголодался? Зайдем куда-нибудь пообедать?

Зачем спрашивать? Пьеро всегда был голодный, и, когда сообщил об этом, Беатрис громко рассмеялась.

— Весь в отца, — сказала она.

— А можно один вопрос? — Они уже сидели в кафе, ожидая заказанный суп с бутербродами. Тетя, негромко вздохнув, кивнула:

— Разумеется. Что ты хотел узнать?

— Почему вы к нам не приезжали, когда я был маленький?

Беатрис задумалась, но дождалась, пока принесут еду, и только тогда заговорила.

— В детстве мы с твоим папой были не так чтобы очень дружны, — начала она. — Он же старше, что у нас общего? Но потом он ушел на Великую войну, и я страшно скучала по нему и все время за него волновалась. Он, конечно, писал домой, но письма были странные...

то вроде нормальные, а то совершенно бессвязные. Ты ведь знаешь, его тяжело ранило...

— Нет, — удивлённо вымолвил Пьеро. — Не знаю.

— Да, ранило. Странно, что тебе никто не рассказал. Твой папа с товарищами ночью сидели в окопах, и на них напали англичане. И одолели. Убили почти всех, но Вильгельм чудом сумел убежать. Правда, пуля попала ему в плечо, и если бы чуть-чуть правее, так и убила бы. Он спрятался в лесу и оттуда видел, как англичане вытащили из укрытия одного несчастного мальчишку — последнего, кто выжил в том окопе, — и начали спорить, что с ним делать, а потом кто-то выстрелил ему в голову. Вильгельм, уж не знаю каким образом, добрался до немецких позиций, но потерял много крови и сильно бредил. Его кое-как перевязали и отправили в госпиталь, там он пролежал несколько недель и мог бы остаться дома — но нет, едва оправившись, попросился обратно на фронт. — Она осмотрелась, убедилась, что никто не подслушивает, и понизила голос почти до шепота: — Думаю, из-за того ранения и всего, что он тогда видел, он и повредился рассудком. После войны он очень сильно переменился. Он так злился, так ненавидел всех, кого считал виновными в поражении Германии. Потому мы и поссорились: меня ужасала его твердолобость, а он говорил, что я на войне не была и, значит, ничего не смыслю и права не имею судить.

Пьеро нахмурился, пытаясь понять.

— Но разве вы были не на одной стороне?

— До известной степени, да, — сказала она. — Только, Петер, сейчас не время это обсуждать. Вот подрастешь, тогда, бог даст, я смогу тебе все объяснить. Когда ты лучше поймешь, как устроен мир. А сейчас давай поскорее доедим и пойдем. Эрнст нас ждет.

— Но у него еще встреча не закончилась.

Беатрис повернулась и строго посмотрела на мальчика.

— Не было у него никакой встречи, Петер, — бросила она раздраженно, впервые выходя из себя в разговоре с Пьеро. — Он сидел в машине, когда мы ушли, и будет сидеть там, когда мы вернемся. Ты меня понял?

Пьеро, немного испугавшись, кивнул:
— Да.

Он решил больше это не обсуждать, хотя твердо знал, что́ именно слышал, и никто не смог бы убедить его в обратном.

Глава 7

Гул ночного кошмара

Через месяц-полтора, в субботу утром, Пьеро проснулся и обнаружил, что в доме царит переполох. Старшая служанка Юте меняла на кроватях белье и распахивала окна, чтобы проветрить комнаты, а Герта, красная больше обычного, носилась повсюду со щеткой, ведром и тряпкой — подметала и мыла полы.

— Придумай сам что-нибудь себе на завтрак, Петер, — сказала кухарка Эмма, когда мальчик вошел в кухню. Куда ни глянь, везде стояли противни, и, очевидно, в доме уже побывал разносчик из Берхтесгадена: на всех рабочих поверхностях теснились корзины с фруктами и овощами. — А то хлопот ой как много, а времени ой как мало.

— Вам помочь? — спросил Пьеро. Случалось, что он просыпался в тоскливом настроении, тогда перспектива целый день сидеть одному без дела его ужасала; сегодня был как раз такой день.

— Помощь бы не помешала, — ответила кухарка, — да только опытной поварихи, а не семилетнего несмышленыша. Может, попозже что-нибудь для тебя и появится. А пока на-ка вот, — она взяла из ящика яблоко и бросила ему, — возьми с собой на улицу. Чтобы уж вовсе не оголодать.

Пьеро вышел в коридор. Там тетя Беатрис, держа в руках блокнот на дощечке с зажимом, водила пальцем по списку дел и помечала те, что уже выполнены.

— Что сегодня творится? — поинтересовался мальчик. — Почему все так бегают?

— Скоро приезжают хозяин с хозяйкой, — сообщила Беатрис. — Вчера ближе к ночи пришла телеграмма из Мюнхена, и это застало нас всех врасплох. Поэтому ты, пожалуйста, лучше никому не мешай и под ногами не вертись. Ты ванну принимал?

— Да, вчера вечером.

— Вот и славно. Ну давай-ка, найди какую-нибудь книжку и посиди почитай где-нибудь под деревом. Все-таки уже весна, утро чудесное. Да, и кстати... — Она приподняла бумаги, скрепленные зажимом, извлекла из-под них конверт и протянула Пьеро.

— Что это? — удивленно спросил он.
— Письмо. — Ее голос вдруг зазвучал сурово.
— Мне?
— Да.

Пьеро в недоумении уставился на конверт. Он понятия не имел, кто мог ему написать.

— Это от твоего друга Аншеля, — сказала Беатрис.
— Откуда вы знаете?
— Прочитала письмо, естественно.

Пьеро нахмурился:
— Прочитали мое письмо?
— Да, и очень хорошо, что я это сделала, — ответила Беатрис. — Уж поверь мне, я действовала исключительно в твоих интересах.

Он взял конверт. Тот и вправду был взрезан сверху, а листки вынуты и просмотрены.

— Ты должен ответить, Петер, — продолжала Беатрис, — и желательно сегодня же. Попроси его больше тебе не писать.

Пьеро ошарашено посмотрел на нее.

— Не писать? Почему?

— Я знаю, тебе это кажется странным, — сказала тетя, — но ты и представить не можешь, сколько неприятностей способны доставить тебе письма от этого... от этого мальчика, Аншеля. Тебе — *и мне тоже*. Будь он Франц, Генрих или Мартин, тогда пожалуйста. Но Аншель? — Она с горькой усмешкой поджала губы. — Письма от евреев здесь отнюдь не приветствуются.

Конфликт разгорелся около полудня. Пьеро гонял в саду мяч, а Юте и Герта, наблюдая за ним со скамейки за домом, курили и болтали о ерунде. Их увидела Беатрис.

— Гляньте-ка, расселись, — прикрикнула она. — А зеркала, между прочим, не протерты, камин в гостиной не вычищен, и хорошие ковры с чердака никто не удосужился принести.

— Что, уж и покурить нельзя? — вздохнула Герта. — Не можем же мы работать весь день без передышки.

— Бедненькие, уработались! Эмма сказала, что вы уже добрых полчаса тут загораете.

— Эмма доносчица. — Юте вызывающе скрестила руки на груди, отвернулась и уставилась куда-то в горы.

— А нам про нее тоже есть что порассказать, — прибавила Герта. — Куда, к примеру, с кухни пропадают яйца и шоколадные плитки. Не говоря уж о том, чем они занимаются с молочником Лотаром.

— Ваша грызня меня не интересует, — отрезала Беатрис. — Мне нужно только, чтобы к приезду хозяина все было идеально. Честное слово, барышни, ведете себя как в детском саду! Мне порой кажется, что я у вас воспитательница.

— Ну, ребенка в дом вы привезли, не мы, — огрызнулась Герта.

Возникла пауза. Беатрис сверлила служанку гневным взглядом.

Пьеро подошел ближе, любопытствуя, кто одержит в споре верх, но тетя заметила его и показала на дом.

— Марш к себе, Петер, — велела она. — Прибери в своей комнате.

— Хорошо, — сказал он, зашел за угол, туда, где его не было видно, и остался дослушать разговор.

— Так что ты сейчас сказала? — Беатрис повернулась к Герте.

— Ничего, — пробормотала та, глядя себе под ноги.

— Ты хоть представляешь, через что пришлось пройти этому мальчику? — спросила Беатрис. — Сначала его бросает отец, причем вскоре попадает под поезд и погибает под колесами. Потом мама умирает от туберкулеза и беднягу отправляют в приют. А он? Разве за все время здесь нам было от него хоть какое-то беспокойство? Нет! Разве он когда-нибудь вел себя плохо? Нет! Он всегда вежлив и приветлив, а ведь наверняка еще не оправился от горя. Знаешь, Герта, я думала, что у тебя сердце мягче. Самой ведь в жизни пришлось несладко. Должна бы понимать, каково ему.

— Извините, — буркнула Герта.

— Что? Громче.

Герта повысила голос:

— Извините, говорю.

— Извиняется она, — гулким эхом подхватила Юте.

Беатрис кивнула.

— Хорошо, — сказала она примирительно. — Надеюсь, что больше не услышу от вас гадостей — и тем более не увижу, что вы ленитесь. Вы же не хотите, чтобы хозяин про это узнал, нет?

Обе девушки испуганно вскочили, затоптали сигареты и разгладили фартуки.

— Я протру зеркала, — вызвалась Герта.

— А я почищу камин, — пообещала Юте.

— Отлично, — одобрила Беатрис. — А коврами займусь я. Но поторопитесь — они скоро приедут, и везде должен быть полный порядок.

Она направилась к дому. Пьеро, опередив ее, вбежал в холл и схватил щетку, чтобы подмести свою комнату.

— Петер, дорогой, — попросила Беатрис, — будь хорошим мальчиком, принеси мне из моего шкафа кофту.

— Сейчас. — Пьеро прислонил щётку к стене и пошёл выполнять поручение Беатрис.

Он был в комнате тети всего однажды, в первую неделю, когда она показывала ему Бергхоф. Он не увидел там ничего особенно интересного; всё то же, что и у него, — кровать, шкаф, комод, кувшин, таз. Правда, сама комната была намного больше, чем у остальной прислуги.

Пьеро открыл шкаф, достал кофту и хотел идти, но вдруг заметил одну вещь, которую проглядел в прошлый раз. На стене висела фотография в рамке, и на ней его мама и папа стояли рука об руку и держали ребенка, завернутого в одеяло. Эмили широко улыбалась, но отец смотрел грустно, а ребенок — понятное дело, сам Пьеро — крепко спал. В правом углу чернилами был проставлен год и написано: *Фотоателье Маттиаса Рейнхарда, Монмартр*. Пьеро прекрасно знал, где Монмартр. Он помнил, как стоял на лестнице перед церковью Сакре-Кёр, а мать рассказывала ему, что в 1919 году, сразу

147

после Великой войны, еще девочкой, приходила сюда смотреть, как кардинал Аметт освящает базилику. Она любила бродить по блошиным рынкам, наблюдать за уличными художниками и вместе с Вильгельмом и Пьеро могла провести там весь день; проголодавшись, они перекусывали на ходу, а после возвращались домой. На Монмартре они всей семьей были счастливы — раньше, еще до того, как папа стал злым, и до того, как заболела мама.

Выйдя из комнаты, Пьеро огляделся, разыскивая Беатрис, но нигде той не увидел. Он громко выкрикнул ее имя, и она мгновенно выскочила из главной гостиной.

— Петер, — воскликнула она, — никогда так не делай! Здесь нельзя ни кричать, ни бегать. Хозяин терпеть не может шума.

— Зато сам-то пошуметь не прочь. — Эмма появилась из кухни, вытирая мокрые руки полотенцем. — Всегда рад устроить скандал, по любому поводу, нет разве? Чуть чего не по нем, орет во всю глотку, как только башка у него не отваливается.

Беатрис резко развернулась и уставилась на кухарку с ужасом, будто та обезумела.

— Твой злосчастный язык когда-нибудь доведёт тебя до беды.

— А ты тут не главнее меня, — ответила Эмма, ткнув в сторону Беатрис пальцем. — Поэтому нечего командовать. Кухарка и экономка на одном положении.

— Я вовсе не пытаюсь тобой командовать, Эмма, — устало произнесла Беатрис; сразу было ясно, что подобный разговор между ними не впервые. — Я просто хочу, чтобы ты поняла, насколько опасны твои речи. Думай что хочешь, но вслух не высказывай. Неужели я здесь единственный здравомыслящий человек?

— А я чего думаю, то и говорю, — отрубила Эмма. — Всегда была прямая и впредь тоже буду.

— Прекрасно. Тогда попробуй заявить что-нибудь такое хозяину — и посмотришь, что выйдет.

Эмма фыркнула, но по выражению её лица Пьеро понял, что она этого никогда не сделает. Он встревожился. Хозяин, очевидно, человек очень страшный, его все боятся. Но одновременно — очень добрый, потому что взял Пьеро к себе в дом. Одно с другим не вязалось совершенно.

— А где мальчик? — спросила Эмма, оглядываясь.

— Я тут, — отозвался Пьеро.

— Ах да. Тут. Вечно я не могу тебя найти, когда ты мне нужен. Это все потому, что ты очень маленький. Не пора ли бы уже подрасти, а?

— Эмма, оставь его в покое, — сказала Беатрис.

— А я что, я ничего. Но только маленький он, и все. Прям как эти... — она постучала себя по лбу, припоминая слово, — ну, эти, крохотульки, что из книжки?

— Какие крохотульки? — не поняла Беатрис. — Из какой книжки?

— Да знаешь ты! — настаивала Эмма. — Мужчина попадает на остров, и он рядом с ними все одно что великан, и они его связывают и...

— Лилипуты, — подсказал Пьеро. — Это из «Путешествий Гулливера».

Обе женщины удивлённо на него посмотрели.

— Откуда ты знаешь? — поинтересовалась Беатрис.

Он пожал плечами:

— Читал. У моего друга Анш... — Пьеро поправился: — У мальчика, который в Париже жил под нами, была книжка. И в приюте в библиотеке тоже была.

— Нечего учёность показывать, — отмахнулась Эмма. — Помнишь, я говорила, что у меня, глядишь, и найдётся для тебя работёнка? Ну так и нашлась. Ты не брезгливый, нет?

Пьеро взглянул на тётю: может, он нужен ей? Но Беатрис забрала у него кофту и велела идти с Эммой. На кухне его так и окатили волны изумительных ароматов; пироги пеклись с раннего утра — пахло сдобой, ванилью, фруктами. Пьеро с воодушевлением посмотрел на стол, где на блюдах под полотенцами таились чудесные сокровища.

— Глазки и ручонки прочь, — предупредила Эмма. — Если чего-то недосчитаюсь, берегись. Помни, Петер, у меня все под надзором. — Они вышли на задний двор. Пьеро с интересом оглядывался. — Видишь, вон там? — Она показала на клеть с курами.

— Да.

— Глянь хорошенько и скажи, какие две самые жирные?

Пьеро подошел поближе и внимательно изучил птиц. В клети их было больше дюжины; одни стояли смирно, другие жались к задней стенке, прячась за товарками, третьи что-то клевали.

— Вот эта. — Мальчик показал подбородком на рыжую, сидевшую неподвижно и казавшуюся, насколько это возможно для курицы, глубоко разочарованной в жизни. — И эта, — ткнул он пальцем в пеструшку, которая носилась как сумасшедшая, расталкивая остальных.

— Ладненько. — Эмма отпихнула Пьеро локтем, потянулась и открыла крышку клети. Куры оглушительно раскудахтались, но Эмма быстро сунула руки внутрь, за лапы извлекла птиц, выбранных Пьеро, и выпрямилась: в каждой руке по курице. — Закрой. — Эмма кивнула на клеть.

Пьеро подчинился.

— Отлично. А теперь пойдём вон туда. Этим, что остались, наше представление глядеть нечего.

Пьеро вслед за кухаркой поторопился за угол, гадая, что же она затеяла. Наконец-то здесь происходит что-то интересное! Они, наверное, сейчас будут играть или, может, устроят куриные бега и выберут самую быструю.

— Держи крепче. — Эмма передала Пьеро птицу посмирнее.

Он неохотно взял её и отвёл вытянутую руку как можно дальше от себя. Рыжая непрерывно крутила головой, пытаясь посмотреть на него, но он изворачивался, чтобы она его не клюнула.

— И что теперь? — спросил Пьеро, наблюдая, как Эмма укладывает пеструшку на бок на высоком пне и удерживает её в таком положении.

— А вот что, — сказала кухарка, свободной рукой схватила откуда-то снизу топорик и быстро, ловко рубанула по куриной шее. И отпустила. Безголовое тело свалилось на землю и бешено забегало кругами, но мало-помалу угомонилось и рухнуло замертво.

Пьеро в ужасе взирал на это, и внезапно перед его глазами все стремительно завертелось. Он схватился было за пень, чтобы сохранить равновесие, но рука попала в лужу крови, Пьеро завопил и, падая, выпустил рыжую — а та, став свидетельницей безвременной кончины подруги, приняла разумное решение немедленно мчаться назад в курятник.

— Вставай, Петер, — сказала Эмма, решительно устремляясь за сбежавшей курицей. — Вот приедет хозяин, увидит, как ты валяешься, и тогда сам тебе кишки бантиками завяжет.

Из клети неслась немыслимая какофония. Беглянка в панике пыталась залезть внутрь, подруги, глядя на нее, верещали, но поделать, разумеется, ничего не могли. Не успела птица опомниться, как Эмма опять сцапала ее за лапы и отнесла на пень, где несчастная в следующий миг и встретила свою злую судьбу. Пьеро будто окаменел и не мог отвести глаза; к горлу подкатывала тошнота.

— Эй, смотри у меня! Ежели тебя вырвет и ты мне попортишь эту курицу, — пригрозила Эмма, размахивая топориком, — то будешь следующим. Понял?

Пьеро с трудом встал, глянул на сцену побоища — две куриные головы в траве, россыпь кровавых брызг на фартуке Эммы — и кинулся в дом. Он захлопнул за собой входную дверь, пронесся сквозь кухню и спрятался в своей комнате, но и оттуда слышал и хохот кухарки, и птичий гвалт, и скоро все звуки слились воедино — в один общий гул ночного кошмара.

Пьеро почти целый час лежал на кровати и писал Аншелю о том, чему стал свидетелем. Он, конечно, сотни раз замечал в окнах мясных лавок безголовых кур, подвешенных за лапки, а если у мамы случалась *чуточка* лишних денег, она приносила куриную тушку домой, ощипывала ее, сидя за кухонным столом, и говорила, что теперь, если расходовать разумно, ужина хватит на всю неделю. Но никогда прежде Пьеро не видел, как кур убивают.

Понятно, что *кто-то* должен это делать, урезонивал он себя. Но все равно не мог смириться с жестокостью. Сколько он себя помнил, ему было ненавистно насилие, он всегда инстинктивно избегал конфронтаций. В школе в Париже некоторые мальчики дрались по любому, самому ничтожному, поводу, и им это явно нравилось. Когда двое, сжав кулаки, становились лицом к лицу и впивались друг в друга устрашающими взглядами, остальные теснились вокруг, загораживали поле боя от учителей и яростно подначивали дерущихся, но Пьеро не любил смотреть на драки и не понимал, почему кому-то доставляет удовольствие причинять боль другим людям.

Или курам, написал он Аншелю.

Но он оставил без ответа то, о чем писал сам Аншель. Жизнь в Париже для таких мальчиков, как он, становилась все опаснее; в булочной мсье Голдблума выбили окна и краской намалевали во всю дверь *Жид!* И на улице теперь, если навстречу шел нееврей, Аншель должен был сойти с тротуара и ждать в сточной канаве, когда дорога освободится. Все это Пьеро проигнорировал, потому что ему было больно от мысли, что его друга унижают и обижают.

В конце письма он сообщил, что для дальнейшей переписки им необходим шифр.

А то вдруг наши письма попадут в руки врагу. Поэтому, Аншель, нам больше нельзя подписываться собственными именами. Мы возьмём те, которые придумали, когда я ещё жил в Париже. Ты будешь лиса, а я буду собака.

Потом Пьеро снова отправился вниз, но всеми способами обходил кухню: боялся увидеть, как Эмма расправляется с мёртвыми курами. Тётя Беатрис отряхивала и взбивала диванные подушки в гостиной, из окон которой открывался чудесный вид на Оберзальцберг. На стенах висели флаги — два длинных красных, как пожарная машина, полотнища, по центру белый круг, а внутри него ломаный крест. Флаги были прекрасны и одновременно страшны. Пьеро тихо пошел дальше, миновал Юте и Герту, несших в хозяйские спальни подносы с чистыми стаканами, и нерешительно замер в конце коридора. Куда теперь?

Две двери слева были закрыты. Пьеро забрел в библиотеку и двинулся вдоль стеллажей, читая названия. Его ждало разочарование, поскольку ничего столь же интригующего, как «Эмиль и сыщики», не попадалось, все больше исторические трактаты и биографии давно умерших, не известных Пьеро людей. На какой-то полке стояло десять одинаковых книг — их написал сам хозяин. Пьеро взял один экземпляр, пролистал и поставил на место.

Затем он приблизился к большому прямоугольному столу, стоявшему посреди комнаты. На столе лежала карта, по углам прижатая большими гладкими камнями. Пьеро всмотрелся и понял, что это карта Европы.

Он склонился над ней, ткнул указательным пальцем в центр и довольно легко нашел Зальцбург, но городок Берхтесгаден у подножия Оберзальцберга отыскать не смог. Повел пальцем на запад, через Цюрих и Базель к Франции, в Париж. И тотчас смертельно затосковал по дому, по маме и папе. Закрыл глаза, представил, будто лежит в траве на Марсовом поле рядом с Аншелем, а Д'Артаньян носится кругами и ловит носом незнакомые запахи.

И до того сладко ему мечталось, что он не услышал ни суетливой беготни за дверью, ни шума автомобиля, подъехавшего к дому, ни голоса Эрнста, открывающего дверь пассажирам. Точно так же не услышал Пьеро ни продолжительных приветствий, ни стука сапог в коридоре, который становился все громче.

Лишь почувствовав на себе чей-то взгляд, он обернулся. В дверях стоял человек — не очень высокий, в громоздкой серой шинели, под мышкой фуражка, над губой черной кляксой усики. Не сводя глаз с Пьеро, человек снимал перчатки — стаскивал медленно, методично, палец за пальцем. Сердце у мальчика екнуло: он сразу узнал человека с портрета в своей комнате.

Хозяин.

Пьеро вспомнил бесчисленные каждодневные наставления тети Беатрис и попытался в точности им последовать. Он вытянулся во весь рост и лихо составил ноги вместе, звучно щелкнув каблуками; правую руку выкинул вверх, стиснув пальцы и указывая ими прямо перед собой, чуть выше плеча. А затем чисто и, насколько получилось, уверенно выкрикнул два слова, которые бесконечно заучивал с самого своего приезда в Бергхоф:

— *Хайль Гитлер!*

Часть 2

1937—1941

Глава 1

Сверток в коричневой бумаге

Прожив в Бергхофе почти год, Пьеро получил от Фюрера подарок.

Пьеро почти исполнилось девять лет, и он наслаждался жизнью на Оберзальцберге — всем-всем, даже работой, которую ему надлежало выполнять в строгом распорядке. Ежедневно он вставал в семь утра и бежал во двор, в сарай, хватал там мешок птичьего корма — смесь зерен и семян — и высыпал курам в лохань на завтрак. Потом шел на кухню, получал от Эммы миску с хлопьями и фруктами, а после по-быстрому принимал холодную ванну.

Пять дней в неделю Эрнст с утра отвозил его в Берхтесгаден в школу. Пьеро, новенький и все еще говоривший с легким французским акцентом, был предметом насмешек для всех, кроме девочки Катарины, его соседки по парте.

— Не позволяй им над собой издеваться, Петер, — советовала она. — Я всяких задир страх до чего ненавижу. Они просто-напросто трусы. Если только можешь, сопротивляйся.

— Но такие же везде есть, — ответил Пьеро и рассказал про мальчика в Париже, который дразнил его Козявкой, и про хулигана Уго из приюта.

— А ты смейся над ними, — учила Катарина. — Не давай себя в обиду. Представь, будто их слова стекают с тебя, как вода.

Пьеро помолчал, но потом решился высказать то, что было у него на уме.

— А ты никогда не думала, — осторожно начал он, — что, может, лучше *самому* всех обижать, вместо того чтобы тебя обижали? Тогда уж точно не пострадаешь.

Катарина посмотрела изумленно.

— Нет. — Она решительно помотала головой. — Нет, Петер, так я не думала никогда. Ни одной секундочки.

— И я, — сразу сказал Пьеро, но отвернулся. — Я тоже так не думаю.

Во второй половине дня ему разрешалось гулять по горе сколько душе угодно. Погода на такой высоте обычно стояла хорошая — солнечная, бодрящая, и в воздухе свежо пахло сосной, — поэтому Пьеро почти никогда не сидел в помещении. Он лазил по деревьям или уходил в лес, забредая далеко от дома и возвращаясь по своим же следам, ориентируясь по небу и разным приметным знакам.

Он вспоминал о маме не так часто, как раньше, но отец периодически являлся ему во сне, неизменно в форме и обычно с винтовкой на плече. Аншелю, который теперь по предложению Пьеро подписывал письма в Бергхоф знаком лисы, Пьеро отвечал не слишком исправно. Шли дни, а он все тянул и тянул и страдал, что предает дружбу, но когда читал о происходящем в Париже, то попросту не находил слов.

Фюрер наведывался на Оберзальцберг нечасто, но в ожидании его визита в доме всякий раз поднималась паника и кипела работа. Юте однажды ночью исчезла, не попрощавшись; ее сменила Вильгельмина, глуповатая девушка, которая все время хихикала, а при виде хозяина убегала в другую комнату. Пьеро замечал, что Гитлер иногда пристально на нее смотрит, и Эмма, служившая в Бергхофе кухаркой с 1924 года, полагала, что знает причину.

— Когда я сюда только поступила, Петер, — сказала она однажды утром за завтраком, закрыв дверь и понизив голос, — этот дом еще не назывался Бергхоф. Это уже потом хозяин придумал такое название. А раньше это был *Вахенфельд*, и сюда приезжали в отпуск муж и жена из Гамбурга, Винтеры по фамилии. Когда герр Винтер умер, его вдова начала сдавать дом отдыхающим. Для меня это был кошмар: то и дело является кто-то новый, а я должна выяснять, чего он из еды любит и как это ему готовить. Герр Гитлер, помню, в первый раз приехал в 1928 году с Ангелой и Гели...

— С кем? — переспросил Пьеро.

— С сестрой и племянницей. Ангела когда-то работала тут экономкой, как твоя тетя. Так вот, значит. Прибыли они летом, и герр Гитлер — он тогда, понятно, был еще герр Гитлер, а не Фюрер — мне и говорит: я, мол, мяса не ем. Я про подобное не слыхивала. Ну, думаю, жуть как странно. Но со временем научилась готовить, что он любит, а он, к счастью, остальным не запрещал питаться как им нравится.

На заднем дворе, словно по заказу, раскудахтались куры. Казалось, они настаивают, чтобы Фюрер приказал всем и каждому разделить его пищевые пристрастия.

— Ангела была женщина суровая. — Эмма села и рассеянно уставилась в окно, припоминая события девятилетней давности. — Они с хозяином что ни день ругались, и все, выходило, из-за Гели, ейной дочери.

— А Гели была маленькая, как я? — спросил Пьеро и представил девочку, которая тоже каждый день бегала по горе, и подумал, что неплохо бы как-нибудь пригласить сюда Катарину.

— Нет, гораздо старше, — ответила Эмма. — Лет двадцать, я так думаю. Они с хозяином одно время очень тесно общались. Слишком даже тесно, я так скажу.

— Что значит слишком?

Эмма замялась, а потом вздохнула и сказала:

— Ничего не значит. Не стоит мне о таких вещах болтать. Особенно с тобой.

— Но почему? — Любопытство Пьеро разгорелось. — Пожалуйста, Эмма. Обещаю, я никому...

Кухарка вздохнула, и Пьеро увидел, что ей до смерти хочется посплетничать.

— Ладно, — буркнула она наконец. — Но если ты хотя бы заикнешься кому-нибудь про то, что я сейчас расскажу...

— Не заикнусь, — поспешил пообещать Пьеро.

— Тогда слушай, Петер. По тем временам хозяин уже стал лидером партии национал-социалистов, и партия эта его все больше и больше набирала мест в рейхстаге. Целая, почитай, армия у хозяина появилась, так, конечно, Гели страсть как нравилось, что такой человек на нее внимание обратил. Но потом вдруг ей это — раз! — и надоело. Потеряла интерес, а хозяин — нет, обожал, как раньше, и ходил за ней по пятам. А Гели возьми да и влюбись в Эмиля, был тогда такой водитель у Фюрера, и ничего, кроме беды, из этой любви не вышло. Беднягу Эмиля уволили — повезло, хоть жив остался. Гели все глаза выплакала, Ангела злобилась, но Фюрер племяшку нипочем не отпускал, таскал ее с собой повсюду, а она, бедная девочка, становилась все тише да несчастнее. Так вот, на Вильгельмину Фюрер посматривает, потому что больно уж на Гели она похожа. Наружностью обе ну просто вот как одна. Лицо широкое, круглое. Глаза темные, ямочки на щеках. Обе дурочки. Знаешь, Петер, когда я ее первый раз увидала, у меня аж сердце зашлось: испугалась, что привидение.

Пьеро задумался над всем этим, а Эмма опять занялась готовкой. Пьеро помыл миску и ложку, убрал их в сервант и лишь тогда обратился к Эмме с последним вопросом:

— Привидение? А почему, что с ней случилось?

Эмма покачала головой и, снова вздохнув, ответила:

— В Мюнхен она уехала. С собой он ее увез. И не отпускал ни на шаг. А потом как-то раз оставил одну в квартире на Принцрегентенплац, так она и пошла к нему в спальню, вытащила из ящика стола пистолет и застрелилась. Прямо в сердце.

Ева Браун почти всегда приезжала в Бергхоф вместе с Фюрером, и Пьеро было строго-настрого приказано называть ее *Фройляйн* и никак иначе. Ева, высокая блондинка с голубыми глазами, лет двадцати с небольшим, одевалась невероятно изысканно, и дважды в одном и том же наряде Пьеро ее ни разу не видел.

— Можете все это выкинуть, — сказала она как-то Беатрис, покидая Оберзальцберг; они с хозяином приезжали на выходные. Распахнула шкаф, провела рукой по блузкам и платьям. — Это прошлый сезон. Берлинские модельеры обещали немедленно выслать мне образцы из новых коллекций.

— Отдать бедным? — спросила Беатрис, но Ева всем видом показала: нет.

— Немецким женщинам, ни богатым, ни бедным, — изрекла она, — не пристало носить одежду, касавшуюся моего тела. Нет, просто сожгите все в печке на заднем дворе вместе с прочим мусором. Мне эти вещи больше не нужны. Сожгите их, Беатрис.

Ева почти не замечала Пьеро — уж точно куда меньше, чем Фюрер, — но иногда, проходя мимо по коридору, ерошила ему волосы или щекотала под подбородком, как спаниеля, и говорила что-нибудь вроде «лапочка Петер» или «ну разве не ангелочек?». Пьеро это очень смущало. Он не любил, чтобы с ним разговаривали свысока, и понимал, что Ева в точности не знает, кто он такой — бедный родственник, бесполезный нахлебник или попросту домашняя зверушка.

А подарок от Фюрера Пьеро получил так. Он находился в саду около дома и играл с Блонди, немецкой овчаркой Гитлера, заставляя ее снова и снова приносить палку.

— Петер! — крикнула Беатрис, выйдя на крыльцо и помахав племяннику. — Петер, подойди, пожалуйста!

— Я играю! — крикнул в ответ Пьеро, забирая у Блонди палку и снова забрасывая ее подальше.

— Петер! *Сию минуту!* — потребовала Беатрис, и мальчик, застонав, направился к ней. — Ох уж вы с этой собакой! Когда я тебя ищу, мне только и нужно, что пойти на лай.

— Блонди здесь нравится, — улыбаясь, сказал Пьеро. — Как думаете, можно попросить Фюрера не забирать ее в Берлин, а оставить с нами?

— Я бы на твоем месте воздержалась, — ответила Беатрис. — Ты же знаешь, как он привязан к своей собаке.

— Но Блонди любит бывать на горе. И мне говорили, что в штаб-квартире партии она вечно сидит в залах заседаний и никогда не выходит поиграть. Вы же видели, как она радуется, когда ее привозят и она выскакивает из машины.

— Нет, пожалуйста, ни о чем его не проси, — твердо произнесла Беатрис. — Нам нельзя ничего просить у Фюрера.

— Но это же не для меня! — настаивал Пьеро. — Это для Блонди. Фюрер не будет возражать. Думаю, если я ему объясню...

— Вы что, подружились? — В голосе Беатрис звучало беспокойство.

— Мы с Блонди?

— Вы с герром Гитлером.

— А вам разве не надо называть его Фюрером? — спросил Пьеро.

— Да, конечно. Я так и хотела сказать. Но это правда? Когда он здесь, ты проводишь с ним много времени.

Пьеро задумался и широко распахнул глаза, вдруг осознав, отчего это происходит.

— Фюрер напоминает мне папу. То, как папа говорил о Германии. О ее предназначении, о ее прошлом. И еще то, как Фюрер гордится своими людьми. Точно так же, как папа.

— Но он не твой папа, — заметила Беатрис.

— Нет, — согласился Пьеро. — В конце концов, он ведь не пьет по ночам. Он работает. На благо других. Ради будущего нашей Родины.

Беатрис, уставясь на него, мотала головой, а затем отвела глаза, скользнула взглядом по горным вершинам и, видно, внезапно замерзла, потому что содрогнулась и обхватила себя руками.

— Ладно, неважно. — Пьеро очень надеялся, что теперь ему можно опять идти играть с Блонди. — Я вам зачем-то был нужен?

— Нет, — ответила Беатрис. — Не мне. Ему.

— Фюреру?

— Да.

— Но что же вы сразу не сказали! — Пьеро, проскочив мимо тети, бросился к дому, переживая, что нарвется на неприятности. — Вы же знаете, его нельзя заставлять ждать!

Он почти бежал по коридору к кабинету хозяина и едва не столкнулся с Евой, которая выплыла из боковой комнаты. Она испуганно вскинула руки, а потом схватила мальчика за плечи, причем так впилась, что его передернуло.

— Петер! — гневно воскликнула Ева. — Разве я не просила тебя не бегать в доме?

— Меня Фюрер ждет, — выпалил Пьеро, пытаясь освободиться.

— Он тебя звал?

— Да.

— Ну хорошо. — И она взглянула на часы на стене. — Только не задерживай его долго, ладно? Скоро подадут ужин, а я хочу, чтобы он сначала послушал новые пластинки. Музыка всегда способствует его пищеварению.

Пьеро, быстро обогнув ее, постучал в большую дубовую дверь и подождал, пока голос изнутри не разрешит войти. Он притворил за собой дверь, твердым шагом приблизился к столу, прищелкнул каблуками, как делал уже тысячу раз за последний год, и отсалютовал — от этого он сам себе всегда казался очень важным человеком.

— Хайль Гитлер! — крикнул он во весь голос.

— А, вот и ты, Петер. — Фюрер закрыл авторучку колпачком и обошел стол, чтобы взглянуть на Пьеро. — Наконец-то.

— Прошу прощения, мой Фюрер. Меня задержали.

— Как это?

Пьеро замялся на секунду.

— Ну, просто заговорили со мной во дворе, вот и все.

— Заговорили? Кто заговорил?

Пьеро открыл рот, слова уже готовы были сорваться с языка, но он вдруг испугался их произносить. Он не хотел, чтобы тете досталось, но, с другой стороны, сказал он себе, это ведь *она* виновата, она не передала вовремя, что его ждут.

— Ладно, неважно, — Гитлер махнул рукой, — главное, ты здесь. Садись, пожалуйста.

Пьеро сел на краешек дивана, очень прямо, а Фюрер — напротив него в кресло. В дверь зацарапали собачьи когти, Гитлер кивнул в ту сторону и произнес:

— Можешь ее впустить.

Пьеро спрыгнул с дивана и распахнул дверь; Блонди вбежала в комнату, увидела хозяина, улеглась у его ног и устало зевнула.

— Хорошая девочка, — похвалил Гитлер и наклонился погладить собаку. — Вы играли на улице?

— Да, мой Фюрер.

— И во что?

— Она носила апорт, мой Фюрер.

— Ты замечательно ладишь с ней, Петер. Мне вот никогда не удавалось добиться от нее такого послушания. Не получается у меня быть с ней строгим, вот в чем беда. Слишком уж я мягкосердечен.

— Она очень умная, так что учить ее нетрудно, — сказал Пьеро.

— Да, это умная порода, — согласился Гитлер. — Ее мать тоже отличалась сообразительностью. А у тебя когда-нибудь была собака, Петер?

— Да, мой Фюрер, — ответил Пьеро. — Д'Артаньян.

Гитлер улыбнулся:

— А, знаю. Один из трех мушкетеров Дюма.

— Нет, мой Фюрер, — возразил Пьеро.

— Нет?

— Нет, мой Фюрер, — повторил мальчик. — Три мушкетёра — это Атос, Портос и Арамис. А Д'Артаньян просто... просто их друг. Хотя тоже мушкетёр.

Гитлер ещё раз улыбнулся.

— Откуда такие познания? — полюбопытствовал он.

— Моя мама очень любила эту книгу, — сказал Пьеро. — И назвала его так ещё щенком.

— А какой он был породы?

— Не знаю. — Пьеро наморщил лоб. — Всего понемножку, я думаю.

Лицо Фюрера выразило отвращение.

— Я предпочитаю чистопородных собак, — изрёк он. — А знаешь ли ты, — и он хмыкнул, поражаясь абсурдности этого обстоятельства, — что один тип из Берхтесгадена спросил меня как-то, нельзя ли скрестить его дворнягу с моей Блонди? Просьба столь же омерзительная, сколь и наглая. Я бы никогда не позволил моей красавице портить свою благородную кровь, путаясь с какой-то грязной тварью. А где сейчас твоя собака?

Пьеро хотел было рассказать, что Д'Артаньян после смерти его мамы живет у мадам Бронштейн и Аншеля, но вспомнил предостережения Эрнста и Беатрис о том, что нельзя упоминать имя друга при хозяине.

— Он умер, — проговорил Пьеро, глядя в пол и надеясь, что по его лицу нельзя догадаться об обмане. Плохо будет, если Фюрер поймает его на лжи и перестанет ему доверять.

— Я обожаю собак, — продолжал Гитлер, не выразив соболезнования. — И главным моим любимцем был маленький черно-белый джек-рассел-терьер. Во время войны он дезертировал из британской армии и перешел на сторону Германии.

Пьеро глянул скептически: собака-дезертир? Не слишком правдоподобно. Но Фюрер, улыбнувшись, погрозил ему пальцем:

— Думаешь, Петер, я шучу? Ничего подобного, уверяю тебя. Мой маленький джек-рассел — я назвал его Фухсль, что значит Лисичка, — был у англичан чем-то вроде талисмана. Эти жестокосердные люди имели привычку держать при себе в окопах всяких собачек. Использовали как связных или для предупреждения о бомбах — собаки ведь слышат их приближение гораздо раньше, чем люди. Эти собаки спасли множество человеческих жизней. А еще они способны учуять хлор или горчичный газ и дать знать об этом хозяевам. Так или иначе, малыш Фухсль как-то ночью выбежал на нейтральную полосу — это было... погоди, дай-ка вспомнить... в 1915-м, кажется, — благополучно пересек линию огня и, прямо как акробат, спрыгнул в траншею, где сидел я. Можешь в это поверить? Упал прямо мне в руки и с тех пор целых два года не отходил от меня ни на шаг. Самый верный и преданный друг — людей таких я не встречал.

Пьеро представил песика, который бежит через поле боя и уворачивается от пуль; его маленькие лапки оскальзываются на оторванных руках и ногах и выпущенных кишках. Он раньше слышал обо всех этих ужасах от отца, и сейчас его затошнило.

— А что с ним случилось? — спросил Пьеро.

Лицо Фюрера потемнело.

— Я лишился его, и виной тому отвратительнейшее воровство, — тихо ответил он. — В августе 1917 года на железнодорожной станции под Лейпцигом один рабочий предложил мне за Фухсля двести марок, но я сказал, что не продам даже за сумму в тысячу раз больше. Но перед отправлением поезда отлучился в уборную, а когда вернулся, Фухсля, моей милой лисички, уже нигде не было. Его украли! — Фюрер, скривив губу, тяжело выдохнул через нос и даже привзвизгнул от ярости. Прошло двадцать лет, а он, очевидно, все еще не мог смириться с этой кражей. — Знаешь, что я сделаю, если вдруг встречу мерзавца, который лишил меня моего маленького Фухсля?

Пьеро мотнул головой. Фюрер наклонился к нему и знаком велел приблизиться. Затем поднес руку к уху мальчика, шепотом произнес три четкие короткие фразы и, со странным подобием улыбки на лице, откинулся в кресле. Пьеро тоже откинулся на спинку дивана. Он молчал. Посмотрел вниз на Блонди; та открыла один глаз и глянула на него, умудрившись не пошевелить ни единым мускулом. И как бы Пьеро ни любил бывать с Фюрером, как бы ни любил чувствовать себя важным и нужным в его присутствии, но сейчас ему хотелось только одного: снова оказаться во дворе с Блонди, забрасывать палку в лес и бежать, бежать, бежать со всех ног без оглядки — играть, резвиться. Спасаться.

— Но хватит о грустном, — сказал Фюрер и трижды хлопнул по подлокотникам кресла, показывая, что пора сменить тему. — У меня есть для тебя подарок.

— Спасибо, мой Фюрер, — удивленно выговорил Пьеро.

— Это нечто такое, что необходимо каждому мальчику твоего возраста. — Он показал на столик рядом с письменным столом, там лежал сверток в коричневой бумаге: — Принеси, пожалуйста, Петер, будь добр.

Блонди при слове «принеси» подняла голову, и Фюрер рассмеялся, погладил собаку и велел ей лежать спокойно. Пьеро подошел к столу, взял сверток — внутри было что-то мягкое — и осторожно, держа двумя руками, отнес хозяину.

— Нет, нет, — сказал Гитлер, — я-то знаю, что там. Это тебе, Петер. Открой. Думаю, ты обрадуешься.

Пьеро нетерпеливыми пальцами стал развязывать веревочку. Он давным-давно не получал подарков и чрезвычайно волновался.

— Вы такой добрый, — пролепетал он.

— Открывай, — ответил Фюрер.

Узел развязался, бумага раскрылась, и Пьеро извлек то, что лежало внутри. Короткие черные брюки, светло-коричневая рубашка, ботинки, темно-синий мундир, черный шейный платок и мягкая коричневая фуражка. На левом рукаве рубашки нашивка: белая молния на черном фоне.

Пьеро смотрел на подарок с тревогой и вожделением. Он вспомнил парней из поезда, они были в очень сходной форме, с другими нашивками, но тоже дарующими власть; вспомнил, как они приставали к нему и как роттенфюрер Котлер украл его бутерброды. Пьеро не был уверен, что хочет стать похожим на них. Но с другой стороны, они ничего не боялись и принадлежали к одной команде — совсем как мушкетеры, подумал Пьеро. И тоже захотел никого и ничего не бояться. И стать членом какой-нибудь команды.

— Это очень, очень особенная одежда, — сказал Фюрер. — Ты ведь, конечно, знаешь про «Гитлерюгенд»?

— Да, — ответил Пьеро. — Когда я ехал сюда в поезде, то встретился с ними в вагоне.

— Значит, слегка знаком с предметом, — продолжал Гитлер. — Наша Национал-социалистическая партия гигантскими шагами движется к своей цели, и цель эта — вернуть величие нашей стране. Мое же предназначение — вести Германию к грандиозным свершениям, которые, я обещаю, не заставят себя долго ждать. Присоединиться к нашему движению никогда не рано. Меня всегда восхищают мальчики твоего возраста или чуть старше, которые одобряют нашу политику и становятся в наши ряды, чтобы поддержать меня, помочь мне в моем стремлении исправить ошибки прошлого. Ты, надеюсь, понимаешь, о чем я говорю?

— Немножко. — Пьеро кивнул. — Мой папа часто говорил о таких вещах.

— Хорошо, — отозвался Фюрер. — Словом, мы поощряем молодежь вступать в партию как можно раньше. Сначала в «Дойче Юнгфольк». Ты, по правде сказать, еще мал, но для тебя я делаю исключение. Со временем, когда подрастешь, ты вступишь в «Гитлерюгенд». Есть подразделение и для девочек, «Бунд дойчер Медель», — поскольку нельзя недооценивать роль женщин, будущих матерей наших будущих лидеров. Надень форму, Петер. Дай посмотреть на тебя.

Пьеро нервно моргнул и покосился на горку вещей.

— Сейчас, мой Фюрер?

— Да, почему нет? Иди к себе и переоденься. А потом возвращайся сюда.

Пьеро пошел наверх, в свою комнату, снял ботинки, брюки, рубашку, джемпер и надел подаренную одежду. Сидела она как влитая. Он обулся, прищелкнул каблуками и приятно удивился: звук был куда внушительнее, чем от его ботинок. На стене висело зеркало; он повернулся посмотреть на себя, и если раньше его что-то и тревожило, то теперь всякое беспокойство исчезло. Пьеро еще никогда в жизни так не гордился собой. Он опять вспомнил Курта Котлера и понял, до чего же здорово обладать такой властью, до чего приятно иметь право брать что хочешь, когда хочешь и у кого хочешь и не быть тем, кто вечно всего лишается.

В кабинет Фюрера он вернулся, широко улыбаясь.

— Благодарю вас, мой Фюрер, — сказал он.

— Не за что, не за что, — ответил Гитлер. — Но помни: тот, кто носит эту форму, должен подчиняться нашим правилам и желать лишь одного — процветания нашей партии и нашей страны. Для этого мы и вместе. Чтобы помочь Германии снова стать великой страной. А теперь, — Фюрер прошел к письменному столу, порылся в бумагах и взял карточку, на которой было что-то написано, — встань здесь. — Он показал под длинный нацистский флаг, свисавший со стены; красное полотнище со знакомым ломаным крестом в белом круге. — Вот, возьми и прочти вслух.

Пьеро встал, где велено, медленно прочел слова про себя, а потом нервно глянул на Фюрера. Его охватило удивительно странное чувство. Он одновременно очень хотел и ни за что не хотел произносить эти слова вслух.

— Петер, — негромко подбодрил Гитлер.

Пьеро кашлянул и выпрямился во весь рост.

— «Подле этого кроваво-красного знамени, — начал он, — символизирующего нашего Фюрера, торжественно клянусь посвятить всего себя и отдать все свои силы служению Адольфу Гитлеру, спасителю нашей Родины. Я клянусь, если будет нужно, отдать за него свою жизнь, и да поможет мне Бог».

Фюрер улыбнулся, кивнул и забрал карточку. Пьеро надеялся, что хозяин не заметил, как дрожат его маленькие руки.

— Молодец, Петер, — похвалил Гитлер. — Отныне я хочу видеть тебя только в этой форме и ни в чем другом, ясно? У тебя в шкафу еще три комплекта.

Пьеро кивнул и отсалютовал, а затем вышел из кабинета и зашагал по коридору, уверенный и взрослый в своей новой форме. Я теперь член «Дойче Юнгфольк», говорил он себе. Причем не простой, а самый главный, потому что кому еще дарил форму сам Адольф Гитлер?

Папа страшно гордился бы мной, думал он.

Завернув за угол, он увидел Беатрис и шофера Эрнста, они стояли в нише и тихо о чем-то разговаривали. Пьеро уловил лишь часть беседы.

— Пока еще нет, — сказал Эрнст. — Но скоро. Если ситуация совсем выйдет из-под контроля, клянусь, я буду действовать.

— И ты уже знаешь, что делать? — спросила Беатрис.

— Да, — ответил он. — Я говорил с... Эрнст осекся, заметив мальчика.

— Петер, — произнес он.

— Посмотрите! — закричал Пьеро, широко разводя руки в стороны. — Посмотрите на меня!

Беатрис долго молчала, наконец с трудом выдавила улыбку.

— Просто красавец, — похвалила она. — Истинный патриот. Настоящий немец.

Пьеро заулыбался и повернулся к Эрнсту. Тот глядел хмуро.

— Надо же, а я-то еще думал, что ты француз. — Эрнст коснулся козырька, прощаясь с Беатрис, вышел через парадную дверь под яркое полуденное солнце и тенью растворился в бело-зеленом мареве.

Глава 2

Сапожник, солдат, король

К тому времени, как Пьеро исполнилось девять, Фюрер уже видел в нем своего. Он всерьез интересовался, что читает мальчик, и позволил без ограничений пользоваться своей библиотекой, рекомендовал писателей и книги, произведшие на него самого сильное впечатление. Еще он подарил Пьеро биографию прусского короля Фридриха Великого, жившего в XVIII веке; ее написал Томас Карлайль, но она была толстенная и напечатана лилипутским шрифтом. Пьеро сильно сомневался, что когда-нибудь продвинется дальше первой главы.

— Великий воин, — объяснил Гитлер, постучав указательным пальцем по обложке. — Великий провидец. А также меценат, покровитель искусств. Идеальный путь: мы сражаемся за свои идеалы, мы побеждаем, очищаем мир от скверны и воссоздаем его в новом, прекрасном виде.

Пьеро прочитал даже книгу самого Фюрера, «Майн кампф», и хотя та оказалась попроще фолианта Карлайля, не вполне ее понял. Интересней всего, конечно, были главы о Великой войне, в которой так сильно пострадал Вильгельм Фишер. Однажды днем, когда они гуляли с Блонди в лесу, окружавшем уединенный приют на горе, Пьеро спросил Фюрера про его солдатскую службу.

— Сначала я был связным на Западном фронте, — заговорил Фюрер. — Носил донесения между войсками, стоявшими у французской границы и у бельгийской. Дальше сражался при Ипре, Сомме и Пашендейле. Под конец войны чуть не ослеп из-за горчичного газа. И потом иногда думал, что лучше было бы ослепнуть, чем видеть, каким унижениям подвергаются немцы после капитуляции.

— Мой папа тоже сражался при Сомме, — сообщил Пьеро. — Мама всегда говорила, что хоть он погиб не на Великой войне, именно война его и убила.

Фюрер нетерпеливо отмахнулся:

— Ничего-то твоя мама не смыслила, как я вижу. Умереть во имя победы и процветания Родины — счастье и гордость для любого солдата. Тебе надлежит чтить память отца, Петер.

— Но он вернулся домой совсем больным, — сказал Пьеро. — И делал очень плохие вещи.

— Например?

Пьеро не хотелось даже вспоминать о поступках отца, и, начав перечислять худшее, он говорил очень тихо и смотрел в землю. Фюрер слушал с неподвижным лицом и, когда мальчик замолчал, лишь дернул головой: дескать, все это ерунда.

— Мы вернем себе свое, — заявил он. — Нашу страну, наше достоинство, нашу судьбу. Борьба и окончательная победа немецкого народа — именно этим прославится в истории наше поколение.

Пьеро кивнул. Он давно не считал себя французом, а теперь, когда наконец-то подрос и получил две новые формы «Дойче Юнгфольк» бо́льшего размера, и вовсе стал настоящим немцем. К тому же, как утверждает Фюрер, вся Европа когда-нибудь войдет в состав Германии и национальная принадлежность вообще перестанет иметь значение.

— Мы будем одним целым, — так он однажды сказал. — Объединимся под общим флагом. — Он постучал себя по руке, по свастике на повязке: — Вот под этим вот флагом.

В тот визит перед отъездом в Берлин Фюрер дал Пьеро еще одну книгу из своей личной библиотеки. Пьеро старательно прочитал вслух заглавие:

— «Международное еврейство». — Он тщательно выговаривал каждую букву. — «Наиглавнейшая беда человечества». Автор Генри Форд.

— Американец, конечно, — пояснил Гитлер, — но природу еврейства понимает. Еврей алчен, еврей стремится к одному — к персональному накоплению богатств. Я считаю, что мистеру Форду следует бросить автомобили и срочно баллотироваться в президенты. С таким человеком

Германия могла бы сотрудничать. Я мог бы сотрудничать с таким человеком.

Пьеро взял книгу, стараясь не думать о том, что и Аншель еврей, но совсем не такой, как рисует Фюрер. Книгу он поставил в шкафчик у кровати, а сам вернулся к «Эмилю и сыщикам», неизменно напоминавшим ему о доме.

Несколько месяцев спустя, когда осенний морозец уже прихватывал по утрам траву на окрестных горах и холмах, Эрнст отправился в Зальцбург за фройляйн Браун — она приезжала, чтобы подготовить Бергхоф к одному чрезвычайно важному визиту. Эмме выдали список любимых блюд гостей. Та вытаращила глаза и саркастически бросила:

— Надо же, ну прямо совсем без претензий.

— Да, у этих людей высокие требования, — сказала Ева. Она пребывала в панике из-за того, сколько всего нужно сделать, и расхаживала, щелкая пальцами в сторону прислуги, и приказывала работать быстрее. — Фюрер велел обращаться с ними, как... в общем, как с особами королевской крови.

— А я-то думала, что после кайзера Вильгельма для нас королевские особы пустое место, — буркнула себе под нос Эмма, села и стала составлять список продуктов с ферм Берхтесгадена, которые ей понадобятся.

— Счастье, что я сейчас в школе, — сказал Пьеро Катарине на утренней перемене. — Дома дым коромыслом. Герта и Анге...

— Кто это Анге? — спросила Катарина. По ежедневным отчетам своего приятеля она хорошо знала жизнь Бергхофа.

— Новая служанка, — ответил Пьеро.

— Еще одна? — Катарина скроила гримаску. — Сколько ж ему всего нужно?

Пьеро нахмурился. Катарина очень ему нравилась, но он не одобрял ее манеру насмехаться над Фюрером.

— Ее взяли на замену, — объяснил он. — Фройляйн Браун уволила Вильгельмину.

— А за кем же теперь Фюрер гоняется?

— В доме с раннего утра переполох, — продолжал Пьеро, игнорируя дерзкий вопрос. Он давно пожалел, что посвятил Катарину в историю Гели и рассказал о предположениях Эммы, что Вильгельмина напоминает Гитлеру эту несчастную девушку. — Все книги подоставали с полок и протерли от пыли, лампочки повывинчивали из патронов и тоже протерли, а постельное белье перестирали, высушили и выгладили, чтобы было как новенькое.

— Столько возни, — изрекла Катарина, — и все из-за каких-то дураков.

Фюрер явился вечером накануне приезда гостей и устроил тщательную проверку резиденции, а после, к великому облегчению Евы, поздравил всех с отличной работой.

Наутро Беатрис вызвала Пьеро к себе в комнату — хотела убедиться, что форма «Дойче Юнгфольк» сидит на нем как подобает и его вид соответствует требованиям хозяина.

— Идеально, — одобрила тетя, оглядев мальчика с головы до ног. — Ты так быстро растешь, я боялась, что форма уже опять коротка.

Раздался стук, и в дверь заглянула Анге.

— Простите, фройляйн, — начала она, — но...

Пьеро повернулся и, подражая Еве, раздраженно щелкнул пальцами и указал на коридор.

— Выйди, — велел он. — Мы с тетей разговариваем.

Анге разинула рот и оторопело на него посмотрела; затем вышла и тихо притворила за собой дверь.

— Грубо разговаривать вовсе необязательно, Петер. — Тетя Беатрис ничуть не меньше Анге была ошарашена его тоном.

— А почему нет? — осведомился Пьеро. Он и сам сильно удивился, что повел себя так начальственно, но ему это очень понравилось. — Мы с вами разговаривали. Она перебила.

— Но это невежливо.

Пьеро был не согласен и не скрывал этого.

— Она служанка. А я — член «Дойче Юнгфольк». Я ведь в форме, тетя Беатрис, вы же видите! Она должна оказывать мне уважение, и не меньше, чем солдату или офицеру.

Беатрис встала и отошла к окну. Она долго смотрела на вершины гор и проплывающие белые облака, упершись ладонями в подоконник, как будто пыталась унять гнев и не потерять самообладание.

— Возможно, тебе не стоит проводить столько времени с Фюрером, — обернувшись наконец и взглянув на племянника, сказала она.

— Почему это?

— Он очень занятой человек.

— Занятой, занятой, а говорит, что видит во мне большой потенциал, — гордо объявил Пьеро. — И потом, мы обсуждаем интересные вещи. И Фюрер меня слушает.

— Я тоже тебя слушаю, Петер, — напомнила Беатрис.

— Вы — другое.

— Почему?

— Вы женщина. Вы, конечно, все равно необходимы рейху, это понятно, но дела Германии должны решать мужчины, такие, как мы с Фюрером.

Беатрис позволила себе горько усмехнуться:

— Сам додумался, да?

— Нет, — ответил Пьеро, неуверенно помотав головой. Вслух его заявление прозвучало не слишком убедительно. Да и если подумать, мама тоже была женщина, но всегда знала, что для него хорошо. — Так Фюрер говорит.

— А ты, значит, мужчина? — поинтересовалась тетя. — В восемь лет?

— Скоро мне исполнится девять. — Пьеро вытянулся в полный рост. — Вы сами говорили, что я расту не по дням, а по часам.

Беатрис села на кровать и похлопала по одеялу, приглашая племянника сесть рядом.

— О чем еще беседует с тобой Фюрер? — спросила она.

— Ну, это все довольно сложно, — протянул Пьеро. — Это про историю и политику. А Фюрер говорит, что женский ум...

— Ты все же попробуй. Я постараюсь понять.

— Мы обсуждаем, как нас обокрали.

— *Нас?* Кого это *нас?* Меня и тебя? Тебя и его?

— Нас всех. Немецкий народ.

— Ах да, разумеется. Ты же теперь немец. Я забыла.

— Мой отец немец по праву рождения, и я тоже, — ответил Пьеро, словно бы защищаясь.

— И что же конкретно у нас украли?

— Нашу страну. Нашу гордость. Украли евреи. Понимаете, они потихоньку, исподволь завоевывают весь мир. После Великой войны...

— Но, Петер, — не выдержала Беатрис, — не забывай все же, что Великую войну мы проиграли.

— Пожалуйста, не перебивайте, когда я говорю, тетя Беатрис, — со вздохом сказал Пьеро. — Так вы проявляете неуважение ко мне, своему собеседнику. Я, конечно же, помню, что мы проиграли, но и вы, в свою очередь, не можете отрицать, что после войны нам пришлось терпеть величайшие унижения. Союзникам было мало, что они победили, они хотели еще наказать немецкий народ, поставив его на колени. И в нашей стране нашлось немало трусов, которые чересчур легко сдались врагу. И мы такой ошибки не повторим.

— А твой отец? — Беатрис поглядела Пьеро прямо в глаза. — Он что, тоже был трус?

— Да, причем худшего пошиба. Он поддался слабости и потерял боевой дух. Но я — не он. Я сильный. Я сделаю все, чтобы восстановить честь семьи Фишеров. — Он замолчал и уставился на тетю: — В чем дело? Почему вы плачете?

— Я не плачу.

— Нет, плачете.

— Ой, я не знаю, Петер. — Она отвела глаза. — Наверное, просто устала, вот и все. Очень трудная была подготовка к приезду гостей. И еще я иногда думаю... — Она осеклась, будто не решаясь договорить.

— Думаете что?

— Что совершила ужасную ошибку, когда взяла тебя сюда. Но я считала, что поступаю правильно. Думала, если ты будешь рядом, я сумею тебя защитить. А теперь с каждым днем я...

Снова раздался стук в дверь, и, когда она открылась, Пьеро сердито обернулся, но пальцами не щелкнул: на пороге стояла фройляйн Браун. Он спрыгнул с кровати и вытянулся по стойке смирно; тетя Беатрис не шелохнулась.

— Приехали! — восторженно сообщила фройляйн Браун.

— Как мне их называть? — шепотом спросил Пьеро. Дрожа от волнения, он стоял в строю прислуги, встречающей гостей, рядом со своей тетей.

— Ваше королевское высочество, — сказала та. — И его, и ее. Герцога и герцогиню. Только не заговаривай с ними первый, жди, когда к тебе обратятся.

Через пару мгновений из-за угла на подъездную дорогу вырулил автомобиль, и почти одновременно за спиной Пьеро возник Фюрер, а слуги напряженно застыли навытяжку, вытаращившись в пространство перед собой. Эрнст подъехал, заглушил двигатель, быстро выпрыгнул из машины и бросился открывать заднюю дверцу. Из автомобиля выбрался человечек в тесноватом костюме и со шляпой в руке. Он огляделся, словно не понимая, куда попал, явно разочарованный от не слишком торжественной встречи.

— Естественно было бы ожидать какого-никакого оркестра, — невнятно произнес он, обращаясь скорее к себе, чем к кому-либо, а затем отработанным жестом поднял руку в нацистском приветствии — так, словно давно ждал случая это сделать. — Герр Гитлер, — великосветским тоном сказал он, без труда переходя с английского на немецкий язык. — Как приятно наконец познакомиться.

— Ваше королевское высочество, — отозвался, улыбаясь, Фюрер. — Ваш немецкий безупречен.

— Да, что же, — пробормотал человечек и затеребил шляпную ленту. — Семья, видите ли... — Он неловко умолк, словно бы не зная, что говорить дальше.

— Дэвид, а меня не представите? — Из машины выпорхнула женщина, одетая во все черное, будто на похоронах. Она говорила по-английски с сильнейшим американским акцентом.

— Да-да, разумеется. Герр Гитлер, разрешите представить: ее королевское высочество герцогиня Виндзорская.

Герцогиня проворковала, что «очарована», и Фюрер эхом повторил то же самое, попутно похвалив ее немецкий.

— Он далеко не так хорош, как у герцога, — улыбнулась дама. — Но кое-как объясниться могу.

Ева выступила вперед, чтобы и ее представили, но, обмениваясь рукопожатиями, держалась неестественно прямо — видимо, боялась, как бы королевские особы не заподозрили ее в попытке сделать книксен. Обе пары поболтали о пустяках: о погоде, окрестных видах и о поездке на гору.

— Я несколько раз думал: вот сейчас свалимся, — пожаловался герцог. — Головокружение там пришлось бы крайне некстати, согласитесь?

— Эрнст ни за что не допустил бы аварии, — ответил Фюрер, глянув на шофера. — Он знает, как вы для нас ценны.

— А? — Герцог вскинул глаза с таким видом, словно только сейчас понял, что с кем-то беседует. — Что вы говорите?

— Давайте пройдем в дом, — предложил Гитлер. — Вы в этот час любите пить чай, верно?

— Капельку виски, если есть, — отозвался герцог. — Высота, знаете ли. Ужасно изматывает. Уоллис, вы идете?

— Да, Дэвид. Я восхищалась домом. Правда же, он великолепен?

— Мы с сестрой обнаружили это место в 1928-м, — сказал Гитлер. — Выбрались в отпуск, и мне настолько понравилось, что я купил дом, едва смог себе это позволить. И теперь стараюсь приезжать как можно чаще.

— Людям нашего положения важно иметь уединенный приют, — изрек герцог, дергая себя за манжеты. — Место, где можно спрятаться от всего мира.

— Людям нашего положения? — Гитлер поднял бровь.

— Влиятельным людям, — пояснил герцог. — У меня, знаете ли, в Англии раньше был такой приют. Когда я еще был принцем Уэльским. Форт Бельведер. Туда я сбегал от всех забот. И какие мы устраивали роскошные вечеринки, помните, Уоллис? Я хотел даже запереться там и выбросить ключи, но премьер-министр непостижимым образом всегда умудрялся проникнуть внутрь.

— Не исключено, что мы сможем помочь вам отплатить ему за любезность. — Фюрер расплылся в улыбке. — Пойдемте поищем вам что-нибудь выпить.

— А это что за маленький человечек? — спросила герцогиня, заметив Пьеро. — Не правда ли, Дэвид, он очень мило одет? Прямо чудесная игрушечка: маленький наци. Я бы с радостью забрала его с собой и поставила дома на каминную полку, до того он прелестен! Как тебя зовут, солнышко?

Пьеро посмотрел на Фюрера; тот поощряюще кивнул.

— Петер, ваше королевское высочество, — сказал Пьеро.

— Племянник нашей экономки, — пояснил Гитлер. — Бедняжка остался сиротой, и я разрешил поселить его здесь.

Уоллис повернулась к мужу:

— Видите, Дэвид? Это я называю подлинной христианской добродетелью. Вот чего люди о вас не знают, Адольф. Я ведь могу называть вас Адольф, да? А вы зовёте меня Уоллис. Люди не видят, что под формой, под всей этой милитаристской цветистостью скрываются душа и сердце истинного джентльмена. А что до вас, Эрни, — она подняла руку, затянутую в перчатку, и погрозила шофёру пальчиком, — то, я надеюсь, вы теперь видите...

— Мой Фюрер, — перебив герцогиню и поспешно шагнув вперёд, на изумление громко сказала Беатрис, — мне, видимо, пора заняться напитками для гостей?

Гитлер поглядел на неё недоумённо, но, довольный словами герцогини, кивнул.
— Разумеется, — ответил он. — Но только в доме, я полагаю. На улице становится прохладно.

— Да, и помнится, был разговор о виски? — Герцог бодро направился к дому; хозяева и прислуга последовали за ним.

Пьеро, оглянувшись, с удивлением увидел, что Эрнст, донельзя бледный, привалился к машине.

— Вы прямо весь белый, — заметил Пьеро и добавил, подражая акценту герцога: — Высота, знаете ли. Ужасно изматывает. Не правда ли, Эрнст?

Позднее тем же вечером Эмма вручила Пьеро поднос с пирожными и попросила отнести в кабинет, где Фюрер увлеченно беседовал с герцогом.

— А, Петер, — сказал Фюрер, когда мальчик вошел, и похлопал по столику между креслами: — Поставь сюда.

— Принести что-нибудь еще, мой Фюрер? Выше королевское высочество? — спросил он, но так волновался, что назвал каждого чужим титулом, и мужчины расхохотались.

— А неплохо было бы, да? — хмыкнул герцог. — Если бы я переехал сюда и стал править Германией?

— Или если бы я завоевал Англию, — любезно отозвался Фюрер.

От этих слов улыбка герцога несколько завяла, и он принялся теребить обручальное кольцо — снимать его и снова надевать.

— А у вас всегда мальчик исполняет эти обязанности, герр Гитлер? — поинтересовался он. — У вас нет камердинера?

— Нет, — ответил Фюрер. — А что, нужен?

— У каждого джентльмена должен быть камердинер. Или хотя бы лакей в уголке комнаты на случай, если что-то потребуется.

Гитлер, поразмыслив, качнул подбородком, словно бы изумляясь представлениям собеседника об этикете.

— Петер. — Он показал в угол у двери: — Встань там. Назначаю тебя почетным лакеем на время визита герцога.

— Слушаюсь, мой Фюрер. — Пьеро с гордым видом переместился куда приказано и замер, стараясь не дышать.

— С нами все чрезвычайно любезны, — продолжал герцог, закуривая. — Куда бы мы ни приехали, нас везде встречали с небывалым гостеприимством. Мы чрезвычайно довольны визитом. — Он подался вперед: — Уоллис права, и я тоже уверен, что если англичане узнают вас лучше, то они поймут, что вы весьма достойный человек. У нас с вами, знаете ли, много общего.

— В самом деле?

— Да, нас объединяет целеустремленность и вера в особое предназначение нашего народа.

Фюрер, не отвечая, подлил гостю виски.

— Насколько я понимаю ситуацию, — сказал герцог, — наши страны добьются большего, объединившись, а не по отдельности. Это, разумеется, будет не официальный союз, скорее добрососедское *сотрудничество*, как было у нас с французами, хотя с теми, что и говорить, приходится держать ухо востро. Мы же не хотим повторения того безумия, что случилось двадцать лет назад. Слишком много невинных жизней потеряно в той войне. Причем с обеих сторон.

— Да, — тихо вымолвил Фюрер. — Я тоже там участвовал.

— И я.

— Вы?

— Нет, не на поле боя, разумеется. Я тогда был наследником трона. То есть на особом положении. У меня, изволите ли видеть, и сейчас особое положение.

— Но не то, что при рождении, — отметил Фюрер. — Хотя обстоятельства, полагаю, могут измениться. Со временем.

Герцог заозирался, словно опасаясь, что за шторами прячутся шпионы. Но его взгляд ни на секунду не задержался на Пьеро; герцога он интересовал не больше, чем какая-нибудь статуя.

— Вы знаете, правительство Британии возражало против моего приезда сюда, — доверительно сообщил он. — И мой брат Берти* тоже. Они подняли страшный шум. Болдуин**, Черчилль — все расшумелись.

---

* Георг VI — король, занявший престол после отречения брата Эдуарда VII (предпочитавшего, чтобы его называли Дэвид).
** Стэнли Болдуин (1867—1947) — британский премьер-министр с 1923 по 1929 и с 1935 по 1937 год, был инициатором отречения от престола Эдуарда VII в 1937-м, но после того как это случилось, ушёл в отставку с поста премьер-министра по настоянию Георга VI.

— Но зачем вам их слушать? — спросил Гитлер. — Вы больше не король. Вы свободный человек. И вольны делать что захотите.

— Свободным мне не стать никогда, — трагическим голосом произнес герцог. — Да и потом, есть ведь и финансовый вопрос, если вы понимаете, о чем я. Не могу же я взять и пойти работать.

— Почему нет?

— Чем же, по-вашему, мне следует заняться? Встать за прилавок в мужском отделе «Хэрродс»? Открыть галантерейный магазин? Сделаться лакеем, как наш юный друг? — Он показал на Пьеро и засмеялся.

— И то, и другое, и третье — достойные, честные профессии, — тихо отозвался Фюрер. — Хотя, возможно, и не достойные бывшего короля. Но, вероятно, имеются другие... варианты? — Герцог качал головой, как будто не слыша вопроса, и Фюрер улыбнулся: — Вы когда-нибудь жалели о своем решении отречься от трона?

— Ни секунды, — ответил герцог, и даже Пьеро почувствовал в его голосе фальшь. — Я не мог нормально выполнять свои обязанности, понимаете ли, без помощи и поддержки женщины, которую я люблю. Так и сказал в своей прощальной речи. Но ей ни за что не дали бы стать королевой, нет-нет.

— И вы полагаете, что от вас избавились по одной только этой причине? — спросил Фюрер.

— А вы полагаете иначе?

— Я думаю, они вас боялись, — сказал Фюрер. — Точно так же, как сейчас боятся меня. Им известно ваше мнение относительно связи между нашими странами, о том, насколько она должна быть тесна. А как же иначе? Ваша бабушка, королева Виктория, приходилась бабушкой и нашему последнему кайзеру. А ваш дедушка, принц Альберт, родом из Кобурга. Наши страны тесно переплетены. Мы напоминаем два больших дуба, растущих очень близко. У нас одна корневая система. Срубите один дуб — и пострадает другой. Ухаживайте за одним — и укрепятся оба.

Герцог, поразмыслив, ответил:

— Да, в этом, пожалуй, что-то есть.

— Вас лишили права, данного вам по факту рождения, — продолжал Фюрер, гневно повышая голос. — Как вы это терпите?

— А что парнишке остается? — сказал герцог. — Дело сделано, назад не воротишь.

— Как знать, что нам уготовано в будущем.

— Что вы имеете в виду?

— В Германии скоро все изменится. Мы снова становимся сильной державой. Стараемся занять подобающее место в мире. И Англию, думаю, также ждут перемены. Вы, насколько я вижу, человек, мыслящий масштабно. Вам не кажется, что вы с герцогиней принесете куда больше пользы своей стране, если станете королем и королевой?

Герцог прикусил губу и нахмурился.

— Невозможно, — после паузы пробормотал он. — Я упустил свой шанс.

— Все возможно. Посмотрите на меня: лидер единой Германии, а я ведь из низов. Мой отец был сапожник.

— А мой — король.

— А мой — солдат, — сказал Пьеро из угла. Слова вылетели изо рта сами собой, внезапно, и оба мужчины воззрились на него в изумлении, так, словно начисто забыли о его присутствии. Во взгляде Фюрера было столько ярости, что у мальчика в животе странно екнуло, и он испугался, что его сейчас вырвет.

— Повторяю, все на свете возможно, — продолжал Фюрер через мгновение, снова повернувшись к герцогу. — Так что́, при удачном стечении обстоятельств вы вернулись бы на трон?

Герцог нервно завертел головой, кусая ногти, потом внимательно осмотрел каждый и вытер руку о штанину.

— Что же. Конечно. Человек не должен забывать о своих обязанностях, — залепетал он. — И прежде всего он обязан думать о благе своей страны. И служить ей, чем только может... как только должен... должен...

Он с надеждой поднял глаза, как щенок, который просится на руки к доброму хозяину, и Фюрер улыбнулся.

— Думаю, мы друг друга прекрасно поняли, Дэвид, — сказал он. — Вы ведь не возражаете, если я буду называть вас Дэвид, нет?

— Эээ..., видите ли, дело в том, что меня никто так не называет. Только Уоллис. И еще родные. Хотя они, правду говоря, в данный момент никак меня не называют. Я не получаю от них известий. Телефонирую Берти по четыре-пять раз на дню, а он не желает отвечать.

Фюрер выставил перед собой ладони:
— Простите меня. Лучше нам и дальше соблюдать формальности, ваше королевское высочество. Или, может быть, в один прекрасный день — снова ваше королевское величество, а?

Пьеро очнулся с трудом; казалось, он проспал всего только пару часов. Глаза не желали открываться, но он понял, что в комнате темно и что в темноте кто-то дышит. Человек стоял над его кроватью и смотрел, как он спит. Пьеро узнал: это был Фюрер, Адольф Гитлер. Сердце от страха оборвалось. Пьеро хотел сесть и отсалютовать, но его грубо швырнули обратно в постель. Никогда раньше он не видел на лице хозяина такого свирепого выражения — страшнее даже, чем в ту минуту, когда Пьеро встрял в беседу с герцогом.

— Значит, твой отец солдат, да? — прошипел Фюрер. — Лучше, чем мой? Лучше, чем отец герцога? Думаешь, раз он умер, так он уже храбрее меня?

— Нет, мой Фюрер, — просипел Пьеро. Слова застревали в горле. Во рту пересохло, сердце грохотало в груди.

— Тебе можно доверять, Петер? Можно? — Фюрер склонился так низко, что его усики-щеточки почти касались верхней губы мальчика. — Мне не придется жалеть о том, что я приютил тебя?

— Нет, мой Фюрер. Не придется, честное слово, я обещаю.

— Да, ты уж постарайся, — прошептал Фюрер, и Пьеро похолодел от ужаса. — Помни: предательство никогда не остается безнаказанным.

Он похлопал Пьеро по щеке и стремительно вышел из комнаты, закрыв за собой дверь.

Пьеро приподнял одеяло и посмотрел вниз, на свою пижаму. И чуть не расплакался. С ним случилось то, чего не случалось уже очень-очень давно, с раннего детства, и он не знал, как теперь будет оправдываться перед служанками. Но в одном он себе поклялся: он больше никогда и ни в чем не подведет Фюрера.

Глава 3

Веселое Рождество в Бергхофе

Война длилась уже больше года, и жизнь в Бергхофе сильно переменилась. Фюрер бывал на Оберзальцберге гораздо реже, а приезжая, запирался в кабинете с высшими военными чинами из гестапо, СС и вермахта. Но даже и в краткие визиты Гитлер находил время пообщаться с Пьеро, а вот прочие руководители рейха — Геринг, Гиммлер, Геббельс и Гейдрих — не желали замечать мальчика. Пьеро страстно мечтал о том дне, когда, быть может, и он займет столь же высокое положение.

Пьеро спал уже не в той комнатке, где его поселили после приезда на гору. Когда ему исполнилось одиннадцать, Гитлер уведомил Беатрис, что ей предстоит поменяться с племянником комнатами, и приказал перенести вещи. Кухарка

Эмма, услышав об этом, покачала головой и пробормотала что-то насчет мальчишек, которые не умеют быть благодарными.

— Это решение Фюрера, — бросил Пьеро, не удосужившись даже взглянуть на кухарку. Он сильно вырос — никто теперь не посмел бы назвать его Козявкой, — и его тело благодаря ежедневным прогулкам вверх-вниз по горам налилось мускулами. — Или вы против его решений? Да, Эмма? Потому что если так, то давайте обсудим все лично с ним...

— Что здесь происходит? — Беатрис вошла в кухню и сразу почувствовала, что обстановка накалена.

— Эмма, кажется, считает, что нам не следовало меняться комнатами, — сообщил Пьеро.

— Я ничего такого не говорила, — буркнула Эмма, отворачиваясь и возвращаясь к своим делам.

— Врунья, — сказал Пьеро, глядя ей в спину. Потом посмотрел на Беатрис, увидел, какое у нее лицо, и внутренне заметался. Он, разумеется, очень стремился получить комнату побольше, но хотел также, чтобы тетя признала его право на это. Да и в конце концов, оттуда ближе к комнате Фюрера. — Вы же не возражаете, нет? — спросил он.

— С чего бы мне возражать? — Беатрис пожала плечами. — Ведь это всего-навсего место, где спят, больше ничего. Какое оно — не существенно.

— Это не я придумал, вы же знаете.

— Нет? Мне говорили обратное.

— Нет! Я только сказал Фюреру, что хотел бы карту Европы во всю стену, и все. Чтобы следить за продвижением нашей армии по континенту и за тем, как мы побеждаем врагов. У меня такая карта не помещается, а вот у вас — да.

Беатрис засмеялась, но ее смех показался Пьеро странным, невеселым.

— Можем поменяться обратно, если хотите, — почти прошептал он, глядя в пол.

— Нет, не нужно, — ответила Беатрис. — Переезд уже состоялся. Зачем терять время и опять носить вещи туда-сюда?

— Хорошо. — Пьеро посмотрел на нее и улыбнулся. — Я знал, что вы согласитесь. У Эммы на все свое мнение. А я вот считаю, что прислуга должна только выполнять свою работу и помалкивать.

Однажды днем Пьеро отправился в библиотеку, выбрать что-нибудь почитать. Он долго ходил вдоль стеллажей, занимавших все стены, и водил пальцами по корешкам книг; пролистал «Историю Германии» и трактат о Европейском континенте; потом хотел взять исследование о преступлениях евреев, совершенных ими за всю историю существования человечества. Сочинение рядом развенчивало Версальский договор, объявляло его несправедливым и преступным по отношению к Родине. Пьеро пропустил «Майн кампф»; он читал это трижды за последние полтора года и самое главное мог цитировать целыми абзацами. На одной полке с краю он заметил кое-как втиснутую книжку и улыбнулся: какой же он был маленький и наивный, когда Симона Дюран вручила ему это на орлеанском вокзале. «Эмиль и сыщики». Как только такое попало сюда, в шкаф с серьезными произведениями? Пьеро покосился на Герту — она стояла на коленях и чистила камин, — вытащил книжку и открыл ее. Из книги выпал конверт; Пьеро его поднял.

— От кого письмо? — мельком посмотрев на него, спросила служанка.

— От старого друга, — сказал Пьеро, глядя на знакомый почерк, и голос его дрогнул от волнения. — Точнее, от бывшего соседа, — поправился он. — Короче, неважно, ерунда.

Это было последнее письмо Аншеля, которое Пьеро позаботился сохранить. Сейчас он вновь развернул его и пробежал глазами по первым строчкам. Ни приветствия, ни «Дорогой Пьеро», только нарисованная собака и несколько торопливых фраз:

Мне страшно некогда, потому что на улице страшный шум, и Матап говорит, что настало время уезжать. Она уже давно собрала вещи, все самое-самое необходимое, чемоданы целых несколько недель стояли у двери. Я не очень понимаю, куда мы едем, но Матап говорит, что здесь оставаться опасно. Но ты не волнуйся, Пьеро, Д'Артаньян едет с нами! Как ты вообще? Почему не ответил на последние мои два письма? В Париже всё очень изменилось. Жаль, ты не видел, как...

Пьеро не стал читать дальше, скомкал листок и швырнул в камин; вчерашний пепел полетел в лицо Герте.

— Петер! — сердито вскрикнула она, но он не обратил на это внимания. Он думал о том, что письмо, наверное, лучше бы сжечь в камине на кухне, который жарко растоплен с раннего утра. Ведь если Фюрер найдет письмо, он невероятно рассердится, а есть ли что-то ужаснее гнева Фюрера? Когда-то Пьеро любил Аншеля, да, конечно, любил, но они же были малые дети, тогда Пьеро не понимал, что это значит — дружить с евреем. Хорошо, что он вовремя оборвал эту связь.

Пьеро быстро нагнулся и достал из камина письмо, одновременно сунув книжку Герте в руки.

— Отдай какому-нибудь ребенку в Берхтесгадене от меня в подарок, — царственно повелел он. — Или выброси. Как тебе проще.

— Ой, Эрих Кестнер. — Служанка улыбнулась, узнав пыльную обложку. — Помню, я это читала, когда была маленькая. Отличная история, правда?

— Да, но это для детей. — Пьеро пожал плечами, твердо настроенный ни в чем не соглашаться с Гертой. — Приступай к работе, — добавил он, уходя. — Я хочу, чтобы к возвращению Фюрера здесь все блестело.

Дня за три-четыре до Рождества Пьеро встал среди ночи и, стараясь не шуметь, побрел босиком в туалет. На обратном пути он, так толком и не проснувшись, направился к своей бывшей комнате и уже собрался открыть дверь, но в последний момент осознал ошибку. Пьеро развернулся было, но с изумлением понял, что внутри кто-то разговаривает. Его одолело любопытство. Припав к щели между дверью и косяком, он напряг слух.

— Но я боюсь, — говорила тетя Беатрис. — За тебя. За себя. За всех нас.

— Бояться нечего, — отозвался другой голос, и Пьеро узнал Эрнста, шофера. — Все тщательно спланировано. Помни, на нашей стороне гораздо больше людей, чем ты думаешь.

— Но разве здесь подходящее место? Разве Берлин не лучше?

— Там слишком много охраны, а здесь он чувствует себя в безопасности. Поверь, милая, все получится. А потом, когда все завершится и здравый смысл возобладает, мы разработаем новый курс действий. То, что мы собираемся сделать, правильно. Ты же веришь в это, да?

— Ты прекрасно знаешь, что верю, — пылко ответила Беатрис. — Мне достаточно в очередной раз взглянуть на Пьеро, чтобы уже ни в чем не сомневаться. Ведь это совершенно другой ребенок в сравнении с тем мальчиком, что приехал сюда. Ты и сам это видишь, правда?

— Конечно, вижу. Он становится совсем как они. Точь-в-точь, и с каждым днем все больше. Даже начал помыкать прислугой. Я его на днях отчитал, а он говорит: либо жалуйся Фюреру, либо не лезь.

— Страшно подумать, кем он станет, если это не прекратится, — сказала Беатрис. — Нужно действовать. Не только ради него, а ради всех Пьеро на свете. Если Фюрера не остановить, он уничтожит страну. Да и всю Европу! Он утверждает, что несет немцам свет, — но ничего подобного, он... сама мировая тьма.

Воцарилась тишина, и Пьеро по звуку догадался, что его тетя и шофер целуются. Ему хотелось распахнуть дверь и потребовать объяснений, но вместо этого он вернулся к себе, лег в постель и долго лежал с открытыми глазами, глядя в потолок, бесконечно проигрывал в голове подслушанный разговор и пытался понять, что же это все-таки значит.

С утра на занятиях он долго раздумывал, не обсудить ли происходящее в Бергхофе с Катариной, и на большой перемене нашел ее с книжкой в саду, под огромным дубом. Они больше не были соседями по парте. Катарина попросила пересадить ее к Гретхен Баффрил, самой тихой девочке в школе, но не объяснила Пьеро, почему не хочет больше сидеть вместе с ним.

— Опять сняла? — Пьеро подобрал с земли галстук. Катарина год назад вступила в «Бунд дойчер Медель» и постоянно жаловалась, что ее заставляют носить форму.

— Если хочешь, носи его сам, раз тебе так важно, — буркнула Катарина, не отрываясь от книги.

— У меня есть свой, — сказал Пьеро. — Вот, гляди.

Она подняла глаза и некоторое время на него смотрела, прежде чем взять галстук.

— Я так понимаю, что если не надену, ты на меня донесешь? — спросила она.

— Конечно нет. Зачем мне это делать? Если ты сняла галстук в перемену и наденешь, как только снова начнутся уроки, тогда ничего страшного.

— Ты такой честный, Петер, такой правильный, — с милой улыбкой проговорила

Катарина. — Это мне в тебе всегда очень нравилось.

Пьеро тоже улыбнулся ей — но она, к его удивлению, лишь закатила глаза, а потом опять уткнулась в книгу. Он хотел уйти, но его мучил один вопрос, и он просто не знал, с кем еще посоветоваться. У него в классе как-то не осталось друзей.

— Помнишь мою тетю Беатрис? — спросил он наконец, сев рядом с Катариной.

— Да, я ее хорошо знаю. Она часто заходит к моему папе в магазин за бумагой и чернилами.

— А Эрнста, шофера Фюрера?

— С ним я ни разу не разговаривала, но видела в Берхтесгадене. А в чем дело?

Пьеро тяжко вздохнул, помолчал в нерешительности и немного погодя сказал:

— Ничего.

— Как это ничего? Зачем же ты о них заговорил?

— Как думаешь, они хорошие немцы? — отважившись, выпалил он. — Нет, это глупый вопрос. Все же зависит от того, как понимать слово *хороший*, да?

— Нет. — Катарина положила в книгу закладку и посмотрела Пьеро прямо в лицо. — Не думаю, что слово *хороший* можно понимать по-разному. Ты либо хороший, либо нет.

— Я, наверное, вот что хотел спросить... По-твоему, они патриоты?

Катарина пожала плечами:

— Мне почем знать? Хотя как раз вот патриотизм можно понимать очень по-разному. У тебя, к примеру, один взгляд на патриотизм, а у меня — полностью противоположный.

— У меня взгляд такой же, как у Фюрера.

— Вот именно. — Катарина отвела глаза и стала наблюдать за детьми, игравшими в углу двора в классики.

— Почему я тебе не нравлюсь как раньше? — спросил Пьеро после долгого молчания, и Катарина повернулась к нему. По выражению лица было ясно, что вопрос ее удивил.

— А с чего ты решил, что не нравишься мне, Петер?

— Ты больше не разговариваешь со мной. И пересела к Гретхен Баффрил, и даже не объяснила почему.

— Видишь ли, Гретхен стало не с кем сидеть, — спокойно произнесла Катарина, — после того как Генрих Фурст ушёл из школы. Я просто хотела, чтобы ей не было одиноко.

Теперь Пьеро отвёл взгляд и сглотнул, уже пожалев, что затеял этот разговор.

— Ты же помнишь Генриха, да, Петер? — продолжала она. — Такой хороший мальчик. Очень милый. Помнишь, как мы все испугались, когда он пересказал нам, что говорит о Фюрере его отец? И как мы все пообещали никому ничего не говорить?

Пьеро встал и отряхнул брюки сзади.

— Что-то холодно становится, — бросил он. — Пойду внутрь.

— А помнишь, как мы узнали, что папу Генриха ночью забрали прямо из постели и уволокли куда-то, и больше его в Берхтесгадене никто не видел? И что Генриха и его младшую сестру мама увезла в Лейпциг к своей сестре, потому что им стало не на что жить?

В школе раздался звонок, и Пьеро посмотрел на часы.

— Твой галстук. — Он показал пальцем. — Пора. Надевай.

— Не волнуйся, надену, — сказала она ему в спину. — В конце концов, мы же не хотим, чтобы бедняжка Гретхен завтра утром снова сидела одна, правда ведь? Правда, *Пьеро*? — прокричала она, но он затряс головой, делая вид, что это к нему не относится, и когда вошел в здание, то каким-то образом успел стереть неприятный разговор из памяти. Запихнул его на дальнюю-предальнюю полку в голове — туда, где пылились воспоминания о маме и Аншеле; туда, куда он почти уже не заглядывал.

Фюрер и Ева объявились в Бергхофе накануне сочельника; Пьеро как раз отрабатывал во дворе строевой шаг с винтовкой. Едва устроившись, они позвали его к себе.

— Сегодня в Берхтесгадене будет праздник, — сказала Ева. — Рождественское представление для детей. Фюрер хочет взять тебя с нами.

Сердце Пьеро восторженно подпрыгнуло. Он никогда никуда не ходил с Фюрером и сейчас легко представил себе зависть горожан, когда те увидят его рядом с их обожаемым лидером. Он будет все равно что сын Гитлера.

Пьеро надел чистую форму и приказал Анге до зеркального блеска начистить его сапоги. Когда она принесла их обратно, он, даже не взглянув, заявил, что этого недостаточно, и отослал чистить дальше. Анге направилась к двери.

— Смотри, чтоб мне в третий раз не понадобилось просить, — рявкнул Пьеро ей вслед.

Позже, выйдя вместе с Гитлером и Евой на гравиевую площадку перед домом, он чуть не лопался от важности; так горд он еще не бывал ни разу в жизни. Они втроем устроились на заднем сиденье автомобиля и поехали вниз с горы. Пьеро через зеркальце на лобовом стекле следил за Эрнстом и пытался понять, что тот затевает в отношении Фюрера, но для шофера, который периодически поглядывал в зеркало, проверяя дорогу, Пьеро, казалось, был пустым местом. *Он считает меня ребенком*, злился мальчик. *Думает, я вообще ничего не значу.*

Они въехали в Берхтесгаден. На улицах толпы встречающих размахивали флажками со свастикой, громко выкрикивали приветствия. Гитлер, невзирая на холодную погоду, велел Эрнсту опустить крышу, чтобы люди могли его видеть, и те восторженно ревели вслед проезжающему автомобилю. Гитлер с очень серьезным видом непрерывно салютовал, а Ева улыбалась и махала ладошкой. Эрнст остановился у муниципалитета, мэр вышел встречать высоких гостей. Гитлер пожал ему руку, а мэр принялся подобострастно кланяться, отдавать салют и снова кланяться и в итоге так запутался, что Гитлеру пришлось положить руку ему на плечо, чтобы он успокоился и дал наконец пройти.

— А ты, Эрнст, не с нами? — спросил Пьеро, заметив, что шофер медлит.

— Нет, я должен остаться в машине, — ответил тот. — А ты иди. Когда все закончится, я буду вас встречать.

Пьеро кивнул и решил подождать, пока рассеется толпа. Ему нравилось представлять, как он в форме «Дойче Юнгфольк» на глазах у всех пройдет по опустевшему проходу и сядет рядом с общим кумиром. Мальчик собрался уже последовать за Фюрером, но вдруг заметил на земле ключи от их машины: шофер, должно быть, обронил в толкотне.

— Эрнст! — закричал Пьеро, глядя на дорогу, туда, где стояла машина. Потом обернулся, посмотрел на здание муниципалитета и досадливо вздохнул, но у входа по-прежнему толпились люди. Они еще долго будут рассаживаться, подумал он, время есть. И побежал, рассчитывая, что вот-вот увидит шофера, который наверняка сейчас хлопает по карманам в поисках ключей.

Автомобиль был на месте, а вот Эрнст, к недоумению Пьеро, — нет.

Пьеро, хмурясь, завертел головой. Разве Эрнст не говорил, что останется их ждать? Мальчик пошел назад, попутно заглядывая в боковые улочки, а когда совсем уже отчаялся и решил скорее бежать на представление, вдруг заметил шофера:

тот стучал в дверь какого-то неприметного домика.

— Эрнст, — позвал Пьеро, но недостаточно громко, а дверь между тем отворилась, и Эрнст скрылся внутри. Пьеро выждал, затем подкрался к окну и почти прижался носом к стеклу.

В гостиной, забитой книгами и пластинками, никого не было, но в дверном проеме стояли Эрнст и мужчина, которого Пьеро не знал. Они бурно что-то обсуждали. Потом мужчина открыл буфет и достал пузырек наподобие аптекарского и шприц. Проткнул крышечку иглой, набрал жидкости, вколол ее в торт, стоявший на столике рядом, и широко развел руки, будто бы говоря: «И все дела». Эрнст кивнул, взял пузырек со шприцем и положил их в карман пальто, а мужчина выкинул торт в мусорное ведро. Когда шофер направился к выходу, Пьеро быстро юркнул за угол и притаился там, напрягая слух, — вдруг, прощаясь, они еще что-то скажут?

— Удачи, — пожелал незнакомец.
— Удачи нам всем, — отозвался Эрнст.

На обратной дороге к муниципалитету Пьеро подошел к машине и вставил ключи в зажигание, а в зале сел как можно ближе к сцене, чтобы услышать окончание речи Фюрера. Тот говорил, что следующий год, 1941-й, станет для Германии великим годом, что победа близка и что народы всего мира скоро осознают ее неотвратимость. Несмотря на праздничную атмосферу, голос Гитлера звучал грозно, как будто он обвинял в чем-то собравшихся, но те лишь восторженно вопили, доведенные до экстаза его яростным неистовством. Фюрер ожесточенно колотил кулаком по кафедре — Ева всякий раз зажмуривалась и вздрагивала, — и чем чаще он колотил, тем сильней ликовала толпа, тем выше вздымались руки и тем громче единое тело, руководимое единым мозгом, кричало: *Зиг хайль! Зиг хайль! Зиг хайль!* И в самом сердце этого тела с той же страстью, с той же нерушимой верой, так же оглушительно и самозабвенно орал Пьеро.

В сочельник Фюрер устраивал вечеринку для слуг в благодарность за хорошую работу в течение года. Он обычно никому не делал подарков, но у Пьеро несколько дней назад спросил, нет ли у того каких-нибудь особенных пожеланий. Пьеро, дабы не выставиться единственным ребенком среди взрослых, сказал, что нет.

Эмма превзошла самое себя: рождественский фуршет стал настоящим пиром. На столе были индейка, утка и гусь, начиненные восхитительной пряной смесью из яблок и клюквы; печеный, жареный и вареный картофель; кислая капуста и множество овощных блюд для Фюрера. Слуги весело уплетали угощение, а Гитлер ходил между ними и, по обыкновению, говорил о политике, и что бы он ни сказал, все кивали: дескать, вы абсолютно правы. Фюрер мог бы заявить, что Луна сделана из сыра, и ему бы ответили: *Да, мой Фюрер. Разумеется. Из лимбургского.*

Пьеро наблюдал за тетей и Эрнстом. Она нервничала много больше обыкновенного, а он, напротив, был на редкость спокоен.

— Выпей, Эрнст, — громко предложил Фюрер, наливая в бокал вино. — Твои услуги сегодня больше не понадобятся. Нынче ведь сочельник. Веселись.

— Благодарю, мой Фюрер. — Шофер взял бокал и поднял его, молча предлагая тост за хозяина. Все зааплодировали. Фюрер в знак признательности вежливо кивнул и, что случалось редко, одарил присутствующих улыбкой.

— Батюшки, пудинг! — вскричала Эмма, увидев, что тарелки на столе практически опустели. — Чуть не забыла!

Пьеро смотрел, как кухарка вносит из кухни прекраснейший штоллен* и водружает его на стол; ароматы фруктов, марципанов, специй разлились в воздухе. Пирог был вылеплен в форме Бергхофа и щедро посыпан сахарной пудрой, изображающей снег; Эмма старалась как могла, но талантливым скульптором ее решился бы назвать лишь весьма снисходительный критик. Беатрис, очень бледная, посмотрела на пирог, а затем — на

---

* Штоллен — традиционный немецкий рождественский пирог, как правило, с начинкой из изюма и цукатов, хотя популярны также варианты с маком, орехами или марципаном.

Эрнста, который упорно избегал ее взгляда. Эмма достала из кармана фартука нож и принялась резать штоллен. Пьеро нервничал.

— Выглядит потрясающе, Эмма, — похвалила Ева, сияя от удовольствия.

— Первый кусок Фюреру, — чуть громче, чем нужно, и дрожащим голосом произнесла Беатрис.

— Да, да, непременно, — поддержал Эрнст. — Скажите нам, так ли это хорошо на вкус, как на вид.

— Увы, я вынужден констатировать, что не смогу проглотить ни кусочка, — объявил Фюрер, похлопав себя по животу. — Я и так, кажется, скоро лопну.

— Но вы должны, мой Фюрер! — вскричал Эрнст, и сейчас же, заметив, как все удивились его пылкости, добавил: — Простите. Я лишь хотел сказать, что вы должны вознаградить себя за все то, что сделали для нас в этом году. Всего кусочек, прошу! В честь Рождества. А за вами и мы с удовольствием отведаем.

Эмма отрезала большой кусок, положила его на тарелку вместе с десертной вилкой и протянула Фюреру. Тот некоторое время с сомнением глядел в тарелку, а потом засмеялся и взял ее.

— Пожалуй, вы правы, — сказал он. — Какое же Рождество без штоллена. — Отломил вилкой кусочек и поднес ко рту.

— Подождите! — закричал Пьеро, выпрыгивая из толпы. — Стойте!

Все изумленно уставились на мальчика, бегущего к Фюреру.

— Что такое, Петер? — недовольно бросил тот. — Ты сам хочешь съесть первый кусок? Честное слово, я думал, ты лучше воспитан.

— Поставьте тарелку, — велел Пьеро.

В комнате повисла гробовая тишина.

— Что, прости? — процедил Фюрер ледяным тоном.

— Поставьте пирог, мой Фюрер, — повторил Пьеро. — Думаю, вам лучше его не есть.

Все молчали. Гитлер, явно ничего не понимая, смотрел то на мальчика, то на десерт.

— Это почему же? — озадаченно спросил он.

— По-моему, он плохой. — Голос Пьеро дрожал, как только что у его тети. Вдруг он не прав в своих подозрениях? Вдруг он повел себя как дурак и Фюрер никогда не простит ему этой выходки?..

— Мой штоллен плохой? — взорвал тишину возмущенный вопль Эммы. — Да будет вам известно, молодой человек, что я готовлю этот пирог двадцать лет с гаком и за все время ни разу слова дурного о нем не слышала!

— Петер, ты устал. — Беатрис подошла, положила руки ему на плечи и попыталась развернуть и увести. — Извините его, мой Фюрер. Он перевозбудился. Вы же знаете, как это бывает с детьми в праздник.

— Пустите! — закричал Пьеро, вырываясь, и она отшатнулась, испуганно прижав ладонь к губам. — Больше не трогайте меня никогда, слышите? Вы предательница!

— Петер, — сказал Фюрер, — о чем ты?

— Вы меня раньше спрашивали, хочу ли я подарок на Рождество, — выпалил он, перебив хозяина.

— Да, верно. И что?

— Так вот, я передумал. Я *хочу* одну вещь. Очень простую.

Фюрер с недоуменной полуулыбкой обвел взглядом комнату, словно надеясь, что скоро кто-нибудь все ему разъяснит.

— Тааак, — протянул он. — И что же это? Поведай.

— Я хочу, чтобы первый кусок съел Эрнст, — заявил Пьеро.

Никто не осмелился даже пикнуть. Никто не пошевелился. Фюрер в раздумье постучал пальцем по краю тарелки, а потом медленно-медленно повернулся к своему шоферу.

— Ты хочешь, чтобы первый кусок съел Эрнст, — тихо повторил он.

— Нет, мой Фюрер. — Шофер нервно вздрогнул, голос его звучал надтреснуто. — Я не посмею. Это было бы неправильно. Честь попробовать первый кусок принадлежит вам. Вы столько всего... — Он осекся от страха. — Столько всего... для всех нас...

— Но сейчас Рождество, — проговорил Фюрер и направился к Эрнсту. Герта и

Анге, пропуская его, метнулись в стороны. — А в Рождество дети, которые хорошо себя вели, обязательно получают то, чего они хотят. А наш Петер вёл себя очень, очень хорошо.

Фюрер, глядя Эрнсту прямо в глаза, протянул ему тарелку.

— Ешь, — приказал он. — Все до крошки. Потом расскажешь, вкусно ли было. — И отступил на шаг.

Эрнст, словно прилипнув глазами к вилке, поднёс её ко рту, а потом вдруг швырнул всё это в Фюрера и бросился вон из комнаты. Тарелка с грохотом разбилась; Ева заверещала.

— Эрнст! — закричала Беатрис.

Охрана бросилась за шофёром, и до Пьеро донеслись крики и шум борьбы. Эрнста повалили на пол. Он кричал: «Пустите, не трогайте!» — а Беатрис, Эмма и служанки, остолбенев от ужаса, следили за происходящим.

— В чём дело? — озираясь и явно ничего не понимая, спросила Ева. — Что происходит? Почему он не стал есть пирог?

— Он хотел отравить меня, — печально проговорил Фюрер. — Какое печальное прозрение.

Он развернулся, вышел в коридор и удалился в свой кабинет. Захлопнул дверь, но тотчас снова ее распахнул и страшным голосом взревел:

— Петер!

В ту ночь Пьеро заснул не скоро, и вовсе не потому, что волновался в ожидании рождественского утра. Фюрер больше часа его допрашивал, и он добровольно рассказал обо всем, что видел и слышал с самого своего приезда в Бергхоф, — о подозрениях насчет Эрнста и о великом разочаровании в тете, предавшей Родину. Гитлер, выслушивая признания, молчал и лишь изредка задавал вопросы; он также осведомился, причастны ли к заговору Эмма, Герта, Анге и кто-либо из охранников, но те, по-видимому, знали о планах Эрнста и Беатрис не больше самого Фюрера.

— А ты, Петер? — спросил он, прежде чем отпустить Пьеро. — Почему ты раньше не поделился со мной опасениями?

— Я только сегодня вечером догадался, что они задумали, — ответил мальчик, побагровев при мысли, что его тоже обвинят в случившемся и выгонят вон. — Я даже не был уверен, что Эрнст говорил о вас. До меня дошло, только когда он стал вас уговаривать съесть штоллен.

Фюрер принял объяснения и отослал Пьеро спать, и тот долго лежал, ворочаясь с боку на бок, пока наконец не задремал. Снилось ему что-то тревожное: родители, шахматная доска в подвале ресторанчика мсье Абрахамса, улицы рядом с авеню Шарль Флоке. А еще Д'Артаньян и Аншель. И рассказы, которые тот раньше присылал. Затем все окончательно запуталось, и Пьеро вдруг проснулся и резко сел в кровати; лицо его было мокрым от пота.

Он прижимал руку к груди и мучительно хватал ртом воздух. С улицы доносились тихие голоса, и гравий скрежетал под сапогами. Пьеро быстро вскочил, подбежал к окну, раздвинул занавески и посмотрел вниз, на сады, простирающиеся за Бергхофом. Солдаты пригнали к дому две машины — Эрнста и еще одну —

и поставили друг против друга; включенные фары своим жутковатым, каким-то потусторонним сиянием высвечивали круг посреди газона. Трое солдат стояли спиной к дому, а еще двое вывели Эрнста и вытолкнули на свет, в котором он походил на призрак. Он был в разорванной рубашке и сильно избит, один глаз у него заплыл, а из раны под волосами струилась кровь. На животе расплылся огромный черный синяк. Ему связали руки за спиной, и казалось, что ноги его вот-вот подогнутся, — и все-таки он держался прямо, как мужчина.

Через секунду появился Фюрер в пальто и шляпе, встал справа от солдат и, не говоря ни слова, кивнул; солдаты сразу вздернули винтовки.

— Смерть нацистам! — крикнул Эрнст, когда уже грянули выстрелы, и Пьеро судорожно вцепился в подоконник, глядя, как шофер рухнул на землю. Потом охранник, который привел Эрнста к месту казни, решительно подошел к телу, достал из кобуры пистолет и всадил еще одну пулю в голову мертвого. Гитлер опять кивнул, и солдаты за ноги оттащили тело прочь.

Пьеро зажал рот ладонью, чтобы не закричать, и упал на пол, привалившись спиной к стене. Раньше ему ничего подобного видеть не приходилось, и сейчас он боялся, что его стошнит.

Это ты сделал, сказал чей-то голос у него в голове. *Ты его убил.*

— Но он же предатель, — вслух ответил сам себе Пьеро. — Он предал Родину! Предал Фюрера!

Мальчик лежал и старался успокоиться и даже не замечал, что по его спине под пижамой ручьями бежит пот. Потом, собравшись с силами, встал и решился снова выглянуть в окно.

И тотчас опять услышал хруст гравия под сапогами охраны, но теперь в сопровождении пронзительных женских криков. Пьеро посмотрел во двор. Эмма и Герта выскочили из дома и умоляли о чем-то Фюрера; Эмма чуть не бросалась ему в ноги. Пьеро наморщил лоб, решительно ничего не понимая. Ведь Эрнст уже мертв. Просить о пощаде поздно.

И тут он заметил ее.

Тетю Беатрис. Ее вели туда, где несколько минут назад застрелили Эрнста.

В отличие от шофера ей не связали руки за спиной, но, судя по лицу, тоже сильно били; блузка на груди была разорвана. Она даже не пыталась ничего говорить, только с благодарностью глянула на женщин, моливших за нее, и быстро отвернулась. Фюрер свирепо рыкнул на служанок, во двор выскочила Ева и утащила стенающих Эмму и Анге в дом.

Пьеро перевел взгляд на тетю и почувствовал, как кровь стынет в жилах: Беатрис смотрела вверх на его окно, прямо на него. Их глаза встретились, и он сглотнул, не зная, что сказать или сделать, да так и не успел сообразить: выстрелы взорвали безмятежную тишину гор, и Беатрис упала на землю. Пьеро застыл, неотрывно глядя на ее тело. А затем, как уже было сегодня, в ночном безмолвии раздался контрольный выстрел.

Зато ты в безопасности, успокоил он себя. *А она была предательница. И Эрнст тоже. Предателей надо наказывать.*

Он зажмурился, когда тетю поволокли прочь, а потом снова открыл глаза, думая, что во дворе пусто, — но там еще оставался один мужчина, и он смотрел на Пьеро в точности так, как только что Беатрис.

Пьеро, встретившись взглядом с Адольфом Гитлером, замер до чрезвычайности неподвижно. Он твердо знал, что надо делать. Прищелкнул голыми пятками, вскинул правую руку вперед, задев пальцами стекло, и отдал салют, который давно стал его неотъемлемой частью.

Сегодня утром с постели встал Пьеро, но сейчас, ночью, обратно лег уже Петер — лег и крепко заснул.

Часть 3

1942—1945

Глава 1

Спецпроект

Совещание длилось уже почти час, когда наконец прибыли двое запоздавших. Петер, увидев из кабинета, что Кемпка, новый шофер, остановил автомобиль у парадного входа, выскочил на крыльцо приветствовать офицеров.

— Хайль Гитлер! — гаркнул Петер, вытянувшись в струнку и вскинув вверх руку.

Герр Бишофф, низенький толстяк с беспокойными глазками-бусинками, испуганно схватился за сердце.

— Что, ему обязательно так орать? — осведомился он, оглядываясь на водителя, который пренебрежительно глянул на мальчика. — И кто он такой, собственно?

— Шарфюрер Фишер, — представился Петер, похлопав по своим погонам с двумя белыми молниями на черном фоне. — Кемпка, отнесите чемоданы в дом.

— Слушаюсь, господин, — сказал водитель, подчиняясь приказу.

Второй мужчина, с правой рукой в гипсе, по званию оберштурмбанфюрер, шагнул вперед, всмотрелся в знаки отличия Петера и только потом поглядел на него самого — без малейшего намека на теплоту и доброжелательность. Лицо оберштурмбанфюрера показалось Петеру смутно знакомым, но он не мог понять, где видел этого человека. Абсолютно точно не в Бергхофе: мальчик крепко держал в памяти список старших офицеров, приезжавших с визитами. Но когда-то и где-то их пути точно пересекались, в этом Петер не сомневался.

— Шарфюрер Фишер, — процедил мужчина. — Состоите в «Гитлерюгенд»?

— Да, мой оберштурмбанфюрер.

— И сколько же вам лет?

— Четырнадцать, мой оберштурмбанфюрер. Фюрер повысил меня в звании на год раньше других за отличную службу на благо Фюрера и Родины.

— Понятно. Но, насколько я понимаю, командиру нужен отряд, верно?

— Да, мой оберштурмбанфюрер, — ответил Петер, уставясь прямо перед собой.

— И где же он?

— Мой оберштурмбанфюрер?

— Ваш отряд. Сколько членов «Гитлерюгенд» находится под вашим началом? Десять? Двадцать? Пятьдесят?

— На Оберзальцберге, кроме меня, нет членов «Гитлерюгенд», — ответил Петер.

— Ни единого?

— Нет, мой оберштурмбанфюрер. — Петер смутился. Он гордился своим статусом, но и стыдился, что никогда не обучался и не жил в казарме вместе с другими членами организации, да и вовсе не встречался ни с кем из них. Конечно, Фюрер время от времени повышал его в звании, но было ясно, что это не награда за заслуги, а всего лишь знак доброго расположения.

— Командир без отряда. — Оберштурмбанфюрер, обернувшись к герру Бишоффу, хмыкнул: — Впервые о таком слышу.

Петер почувствовал, что краснеет, и пожалел, что решил к ним выйти. «Они мне просто завидуют, — сказал он себе. — И еще за все мне ответят, когда я получу настоящую власть».

— Карл! Ральф! — закричал Фюрер, выходя из дома и спускаясь с крыльца, чтобы пожать гостям руки. Он был в необычно приподнятом настроении. — Наконец-то — что вас задержало?

— Приношу извинения, мой Фюрер. — Кемпка громко щелкнул каблуками и выбросил руку в нацистском приветствии. — Поезд из Мюнхена опоздал.

— Тогда почему ты извиняешься? — спросил Гитлер. С новым водителем, в отличие от его предшественника, отношения у хозяина не складывались, — правда, когда Гитлер как-то вечером на это пожаловался, Ева заметила, что Кемпка, по крайней мере, не пытается никого убить. — Ведь не ты же задержал поезд, нет? Входите, господа. Генрих уже в доме. Я присоединюсь к вам буквально через пару минут. Петер проводит вас в мой кабинет.

Оба офицера последовали за мальчиком. Тот прошел по коридору и открыл дверь в комнату, где ждал Гиммлер. Рейхсфюрер, скривив губы в натужной улыбке, стал пожимать руки прибывшим. Петер заметил, что к Бишоффу Гиммлер настроен дружелюбно, но с оберштурмбанфюрером довольно холоден.

Оставив мужчин одних, Петер направился обратно и у окна увидел Гитлера, читавшего письмо.

— Мой Фюрер, — сказал он, приблизившись.

— В чем дело, Петер? Я занят. — Фюрер сунул письмо в карман и посмотрел на мальчика.

— Надеюсь, я уже доказал вам свою преданность, мой Фюрер? — Петер встал навытяжку.

— Да, конечно, разумеется. Так в чем дело?

— Оберштурмбанфюрер говорит, что у меня есть звание, но нет обязанностей.

— У тебя очень много обязанностей, Петер. Ты — важная часть жизни на

Оберзальцберге. Кроме того, у тебя, естественно, есть учеба.

— Я думаю, что мог бы больше помогать вам в нашей общей борьбе.

— Чем помогать?

— Я хочу воевать. Я сильный, я здоровый, мне...

— Всего четырнадцать, — перебил Фюрер, чуть заметно улыбнувшись. — Петер, тебе всего четырнадцать. А детям в армии не место.

От бессильного раздражения Петер покраснел.

— Но я не ребенок, мой Фюрер. Мой отец сражался за Родину. Я тоже хочу сражаться. Хочу, чтобы вы мной гордились, и хочу восстановить доброе имя моей семьи, которое так безжалостно запятнали.

Фюрер тяжело выдохнул, о чем-то задумавшись.

— Ты когда-нибудь спрашивал себя, зачем я держу тебя здесь? — спросил он наконец.

Петер помотал головой.

— Мой Фюрер?

— Когда подлая изменница, чье имя я не намерен упоминать, попросила моего разрешения привезти тебя в Бергхоф, я поначалу отнесся к этому скептически. Я не умею обращаться с детьми. Своих, как тебе известно, у меня нет. Я не знал, понравится ли мне, если по дому будет бегать ребенок, вечно путаясь под ногами. Но у меня всегда было доброе сердце, поэтому я согласился — и ни разу о том не пожалел. Ты оказался тихим и трудолюбивым ребенком. Когда преступления небезызвестной особы были раскрыты, многие советовали мне отослать тебя прочь или предать той же судьбе, что и ее.

Петер оторопел. Кто-то предлагал расстрелять его за преступления Беатрис и Эрнста? Кто же? Кто-нибудь из солдат? Герта? Анге? Эмма? Им очень не нравится, что он занимает в Бергхофе такое важное положение? И они желали ему за это смерти?

— Но я сказал: нет. — Фюрер щелкнул пальцами, подзывая оказавшуюся рядом Блонди. Собака ткнулась носом в руку хозяина. — Я сказал, что Петер — мой друг, Петер заботится о моей безопасности и никогда меня не предаст. Несмотря на дурную наследственность. Несмотря на презренных родственников. Несмотря ни на что. И еще сказал, что буду держать тебя здесь, пока ты не превратишься в мужчину. Но ты пока еще не мужчина, маленький Петер.

При слове «маленький» мальчик побледнел; его так и распирало от досады.

— Вот подрастешь, и мы, я думаю, найдем тебе занятие. Война, правда, к тому времени давно кончится. Мы победим в следующем году или чуточку позже, это уже очевидно. А пока, Петер, твое самое главное дело — учиться. Через несколько лет, я нисколько не сомневаюсь, ты сможешь занять важный пост в Рейхе.

Петер разочарованно кивнул, но воздержался и от дальнейших вопросов, и от попыток переубедить Фюрера. Он не раз бывал свидетелем того, как Фюрер в мгновение ока теряет благодушие и впадает в ярость. Поэтому сейчас щелкнул каблуками, дежурно отсалютовал и вышел на улицу. Там, прислонясь к машине, стоял Кемпка и курил сигарету.

— Встать прямо! — крикнул Петер. — Расправить плечи!

Шофер тут же выпрямился.

И расправил плечи.

На кухне Петер методично распахивал дверцы шкафчиков и открывал жестяные банки с печеньем — искал, чем бы перекусить. Он теперь был вечно голоден и, сколько ни ел, все равно никогда не наедался; Герта говорила, что это нормально для подростка. Он снял крышку с подставки для торта и улыбнулся, обнаружив свежий шоколадный бисквит. Он уже собрался отрезать себе кусок, когда вошла Эмма.

— Только тронь этот торт, Петер Фишер! Пикнуть не успеешь, как я надеру тебе зад вот этой скалкой.

Петер резко обернулся и обдал ее ледяным взглядом. На сегодня ему и так хватило обид.

— Вам не кажется, что я слишком большой для подобных угроз? — холодно поинтересовался он.

— Нет, не кажется, — отрезала кухарка, отталкивая его и закрывая торт стеклянной крышкой-куполом. — У меня здесь свои правила, и тебя они тоже касаются. Мне плевать, кем ты себя возомнил. Если голодный, возьми курицу в холодильнике, с вечера осталась. Можно сделать бутерброд.

Петер открыл холодильник и заглянул внутрь. Действительно, на полке стояли тарелка с курицей, миска с начинкой и плошка со свежим майонезом.

— Отлично. — Петер радостно хлопнул в ладоши. — На вид аппетитно. Давайте бутерброд. А после я съем что-нибудь сладкое.

Он уселся за стол. Эмма, глядя на него, вызывающе подбоченилась.

— Я тебе не прислуга! — объявила она. — Хочешь бутерброд, так возьми да сделай. Руки у тебя, кажется, есть?

— Вы кухарка, — негромко проговорил Петер, — а я — шарфюрер. И я голоден. Поэтому бутерброд мне приготовите вы. — Эмма не шевелилась, но он видел, что она растерянна и не понимает, как себя вести. От него теперь требовалась лишь толика твердости. — Сию минуту! — взревел он и шарахнул кулаком по столу.

Кухарка чуть ли не подскочила и тут же засуетилась, выполняя приказ. Сердито бормоча что-то под нос, она достала все необходимое из холодильника и буханку из хлебницы, отрезала два толстых ломтя. Когда бутерброд был готов, она поставила тарелку перед Петером, и тот с улыбкой кивнул.

— Спасибо, Эмма, — спокойно сказал он. — Выглядит замечательно.

Она выдержала его взгляд.

— Это у вас, должно быть, семейное, — заметила она. — Твоя тетя Беатрис тоже любила бутерброды с курицей. Правда, сама умела их делать.

Петер крепко сжал челюсти, чувствуя, как внутри разгорается ярость. Он твердил себе, что у него не было никакой тети Беатрис. Она была у совершенно другого мальчика. У того, которого звали Пьеро.

— Кстати, — кухарка сунула руку в карман фартука, — вот, пришло тебе.

Она протянула ему конверт. Он сразу узнал почерк и, не открывая, вернул письмо, и велел:

— Сожгите. И если еще придут, тоже.

— Но это ведь от твоего приятеля в Париже? — спросила Эмма, подняла конверт и посмотрела на свет, как будто пытаясь прочесть, что написано внутри.

— Я сказал — сожгите! — прорычал Петер. — В Париже никто мне не приятель. И уж тем более не этот пархатый еврейшка, который никак не угомонится и все пишет и пишет мне про то, как ему нынче худо. Радоваться должен, что в Париже немцы. И пусть поблагодарит, что его до сих пор оттуда не вытурили.

— Я помню, когда ты только сюда приехал, — раздумчиво произнесла Эмма, — то сидел здесь, на этом вот стуле, и рассказывал про маленького Аншеля. Как он заботится о твоей собаке, и какой у вас с ним специальный язык жестов, который только вы двое и понимаете. Он был лиса, а ты собака, и...

Эмма не успела договорить. Петер вскочил и выхватил у нее письмо с такой силой, что женщина пошатнулась и упала. Она громко вскрикнула, хотя вряд ли ушиблась сильно.

— Да что ж вы за человек? — зашипел он. — Вам обязательно выказывать мне неуважение? Вы что, не знаете, кто я такой?

— Нет, — отчаянно закричала она, — не знаю! Зато я знаю, какой ты был раньше!

Руки у Петера невольно сжались в кулаки, и он хотел ответить, но не успел — дверь открылась, и в кухню заглянул Фюрер.

— Петер! — позвал он. — Пойдем со мной, если ты не занят? Мне нужна твоя помощь.

Он глянул вниз, на Эмму, но никак не отреагировал на то, что она лежит на полу. Петер швырнул письмо в камин и посмотрел на кухарку:

— Эти письма я больше получать не желаю, ясно тебе? Если придут, выбрасывай. А принесешь мне еще хоть одно — сильно пожалеешь. — Он взял со стола несъеденный бутерброд, шагнул к мусорному ведру и выбросил. — Сделаешь мне потом новый, — прибавил он. — Я дам знать, когда понадобится.

— Как видишь, Петер, — сказал Фюрер, когда они вошли в его кабинет, —

наш оберштурмбанфюрер получил небольшую травму. Какой-то бандит напал на него на улице.

— Он сломал мне руку, — равнодушно, как будто это не имело ни малейшего значения, произнес офицер. — А я за это сломал ему шею.

Гиммлер и герр Бишофф — они стояли у стола посреди комнаты, склонившись над какими-то фотографиями и огромным количеством чертежей, — оглянулись и рассмеялись.

— Так или иначе, рука не работает, и нужен человек, который будет вести записи. Садись и протоколируй все, что мы говорим. Сиди тихо, не встревай.

— Да, мой Фюрер, — ответил Петер, вспомнив, до чего испугался почти пять лет назад здесь же, в этой самой комнате, когда без разрешения вмешался в беседу Гитлера с герцогом Виндзорским.

Петер сначала не хотел садиться за письменный стол Фюрера, но остальные все вчетвером нависли над чертежами, и выбора не осталось. Он устроился в кресле, оперся ладонями о деревянную столешницу, обвел взглядом комнату, флаги немецкого государства и присутствующих нацистов, стоящих по обе стороны от него. И невольно представил, каково это — сидеть тут и править страной.

— Петер, ты слушаешь? — резко спросил Гитлер, повернувшись к нему, и мальчик выпрямил спину, подтянул к себе блокнот, взял со стола чернильную ручку, отвинтил колпачок и приготовился записывать.

— Вот это, собственно, и есть предлагаемое место, — герр Бишофф показал что-то на чертеже. — Здесь, как вы знаете, мой Фюрер, изначально имелось шестнадцать зданий, которые были переоборудованы под наши нужды, но заключенные прибывают постоянно в огромном количестве, и места попросту не хватает.

— А сколько их сейчас? — осведомился Фюрер.

— Свыше десяти тысяч, — доложил Гиммлер. — По большей части поляки.

— А вот это, — продолжал герр Бишофф, очерчивая значительное пространство вокруг лагеря, — так называемая зона интереса. Примерно сорок квадратных километров территории, идеально соответствующей нашим требованиям.

— И эта территория в настоящее время пустует? — Гитлер провел пальцем по карте.

— Нет, мой Фюрер, — герр Бишофф покачал головой, — все занято землевладельцами и фермерами. Полагаю, придется выкупать.

— Можно конфисковать, — сказал оберштурмбанфюрер, равнодушно дернув плечом. — Реквизировать земли на благо Рейха. Жителям придется проявить понимание.

— Но...

— Пожалуйста, продолжайте, герр Бишофф, — попросил Фюрер. — Ральф совершенно прав. Земля будет конфискована.

— Разумеется, — ответил Бишофф, и Петер увидел, как обильно вспотела его лысина. — Далее. Вот здесь, на этих чертежах, мои разработки для второго лагеря.

— И какова его территория?

— Примерно четыреста двадцать пять акров.

— Так много? — Фюрер, явно приятно удивленный, глянул на собеседника.

— Я лично побывал там, мой Фюрер, — с гордым видом сообщил Гиммлер. — И когда увидел, сразу понял, что это пространство нам подходит.

— Мой добрый и верный Генрих. — Гитлер, улыбаясь, коснулся плеча соратника, вновь склонившегося над планами. Гиммлер, чрезвычайно польщенный, просиял.

— Я проектировал с расчетом на то, чтобы здесь поместилось триста строений, — продолжал герр Бишофф. — Это будет самый большой лагерь подобного типа во всей Европе. Как видите, планировка незатейлива, геометрична, но так охранникам удобнее...

— Конечно, конечно, — перебил Фюрер. — Но триста строений? Сколько заключенных возможно там разместить? Если навскидку, то, кажется, не очень-то много?

— Но, мой Фюрер, — ответил герр Бишофф, широко разведя руками, — строения далеко не маленькие. В каждом помещается от шестисот до семисот человек.

Гитлер посмотрел на потолок и, подсчитывая, закрыл один глаз.

— То есть это означает...

— Двести тысяч, — подсказал Петер из-за стола, снова не подумав, импульсивно, но только на сей раз Фюрер посмотрел на него не с яростью, а с удовольствием.

Снова повернувшись к офицерам, Гитлер показал, что весьма изумлён.

— Неужели правда? — спросил он.

— Да, мой Фюрер, — подтвердил Гиммлер. — Примерно.

— Поразительно. Ральф, как вам кажется, вы в состоянии держать под контролем двести тысяч заключённых?

Оберштурмбанфюрер без колебаний кивнул.

— Я с гордостью выполню эту задачу, — заявил он.

— Что же, господа, прекрасно. — Фюрер одобрительно закивал. — Теперь — что насчёт охраны?

— Я предлагаю разделить лагерь на девять секций, — сказал герр Бишофф. — Вот, вы можете видеть на чертежах. Это, к примеру, женские бараки. А это мужские. Каждый барак будет огражден колючей проволокой...

— Под *электрическим напряжением*, — вставил Гиммлер.

— Да, мой рейхсфюрер, разумеется. Колючей проволокой под электрическим напряжением. Ни один заключенный не сможет сбежать из своей секции. Впрочем, на самый невероятный случай весь лагерь по периметру дополнительно обнесут электрифицированной колючей проволокой. Попытка бежать будет равносильна самоубийству. И еще, разумеется, во многих местах возведут сторожевые вышки для охранников, всегда готовых стрелять. От них не уйти никакому беглецу.

— А это? — Фюрер ткнул пальцем в самый верх схемы. — Что здесь? Тут написано «Сауна».

— Здесь я предлагаю устроить паровые камеры, — пояснил герр Бишофф. — Для дезинфекции одежды заключенных. Ведь они прибывают в лагерь, с ног до головы покрытые вшами и прочими паразитами, а мы не хотим, чтобы по лагерю распространялись заболевания. Нам надо и о доблестных немецких воинах подумать.

— Понятно. — Гитлер блуждал взглядом по сложному чертежу и как будто выискивал что-то конкретное.

— Они будут в точности как душевые, — сообщил Гиммлер. — Разве что вода с потолка литься не будет.

Петер, сдвинув брови, оторвал взгляд от блокнота.

— Простите, мой рейхсфюрер, — сказал он.

Гитлер со вздохом обернулся:

— Что еще, Петер?

— Простите, но я, наверное, ослышался. Мне показалось, вы сказали, что в душе не будет воды.

Все четверо мужчин воззрились на мальчика и пару секунд молчали.

— Пожалуйста, больше не перебивай нас, Петер, — очень тихо произнес Гитлер и отвернулся.

— Мои извинения, мой Фюрер. Просто я не хочу, чтобы в моих записях для господина оберштурмбанфюрера были ошибки.

— Ты не сделал ошибки. Итак, Ральф, о чем вы говорили?.. Вместимость?

— Для начала около полутора тысяч в день. А в течение года мы сможем удвоить эту цифру.

— Очень хорошо. Но важно поддерживать оборот заключенных на постоянном уровне. Мы обязаны побеспокоиться о своем наследстве — к моменту, когда мы выиграем войну, мир должен быть чист для осуществления наших планов. Вы создали вещь изумительной красоты, Карл.

Архитектор почтительно поклонился. На лице его читалось явное облегчение.

— Благодарю вас, мой Фюрер.

— Осталось только спросить, когда можно начать строительство?

— Если прикажете, мой Фюрер, то хоть на этой неделе, — сказал Гиммлер. — И если господин оберштурмбанфюрер действительно так проворен, как все говорят, то к октябрю лагерь начнет функционировать.

— Будьте спокойны, Генрих, — горько усмехнулся тот. — Если к тому времени лагерь не откроется, можете в качестве наказания отправить туда меня самого.

Петер столько писал, что у него устала рука, но какая-то нотка в голосе оберштурмбанфюрера вдруг вызвала к жизни одно воспоминание. Петер поднял голову и, пристально посмотрев на коменданта лагеря, понял, где и когда его видел. Шесть лет назад, на вокзале в Мангейме. Когда несся к расписанию, чтобы узнать, с какой платформы отходит поезд на Мюнхен, и столкнулся с человеком в землисто-серой форме. Он упал, а этот человек хотел сапогом отдавить ему пальцы. И наверняка сломал бы, не появись неожиданно его жена и дети.

— Это просто замечательно, — сказал Фюрер, улыбаясь и потирая руки. — Великое дело, господа, возможно, величайшее из всех свершений немецкого народа за всю его историю. Генрих, приказ отдан. Можете немедленно начинать работы по возведению лагеря. Ральф, немедля возвращайтесь на место и следите за ходом работ.

— Да, мой Фюрер.

Оберштурмбанфюрер отсалютовал и подошел к Петеру.

— Что? — спросил Петер.

— Записи, — потребовал он.

Петер протянул ему блокнот, где старался фиксировать практически все, о чем здесь говорилось. Оберштурмбанфюрер мельком глянул на записи, развернулся, попрощался со всеми и вышел.

— Ты тоже свободен, Петер, — сказал Фюрер. — Иди на улицу поиграй, если хочешь.

— Я пойду в свою комнату заниматься, мой Фюрер, — ответил Петер, внутренне вскипев от такого обращения. То он, видите ли, доверенное лицо, и ему разрешают сидеть в самом важном кресле в мире и вести протокол собрания по спецпроекту Фюрера, а потом вдруг сразу малый ребенок. «Что же, — решил он, — я, может, до них и не дорос, зато знаю, что душевые без воды строить незачем».

Глава 2

День рождения Евы

Катарина, едва ей исполнилось пятнадцать, начала работать в магазине канцтоваров своего отца. Шел 1944 год, и Петер, отправившись в Берхтесгаден повидать одноклассницу, в кои-то веки надел не форму «Гитлерюгенд», предмет своей гордости, а кожаные штаны до колен, коричневые ботинки и белую рубашку с темным галстуком. Петер знал, что к любой униформе Катарина питает неизъяснимое отвращение, и не хотел давать ей повод для недовольства.

Он почти час болтался под дверью, набираясь смелости, чтобы войти. Разумеется, он каждый день видел Катарину в школе, но тут было другое. Сегодня он собирался задать деликатный вопрос — хотя при одной только мысли об этом обмирал от ужаса. Петер долго раздумывал, не поговорить ли на перемене в коридоре, но там всегда могли помешать знакомые ребята, и поэтому он решил, что магазин для его целей — место самое подходящее.

Войдя наконец, он увидел, что Катарина ставит на полку блокноты в кожаных обложках, и, когда она обернулась, у него в животе что-то привычно сжалось от волнения и страсти. Он отчаянно хотел ей нравиться — и боялся, что этого никогда не будет, ведь едва увидев, кто стоит на пороге, она помрачнела и, не сказав ни слова, вернулась к своему занятию.

— Добрый день, Катарина, — приветствовал он.

— Здравствуй, Петер, — ответила она, не оборачиваясь.

— Сегодня прекрасный день, — продолжал он. — Правда, Берхтесгаден сейчас невероятно красив? Хотя ты, конечно, красива в любое время года. — Он замер и потряс головой, чувствуя, как краснота ползет по шее к щекам. — В смысле, город красив в любое время года. Это очень красивое место. Всегда, когда я здесь, в Берхтесгадене, меня потрясает его... его...

— Красота? — предположила Катарина. Она разместила на полке последний кожаный блокнот и повернулась к Петеру, лицо у нее было отчужденное.

— Да. — Он упал духом. Так старательно готовился к разговору, а все вмиг пошло наперекосяк.

— Ты что-то хотел, Петер?

— Да, пожалуйста — мне нужны перья для авторучки и чернила.

— Какие именно? — Катарина направилась к шкафу со стеклянными дверцами.

— Самые лучшие. Это же для самого Фюрера, для Адольфа Гитлера!

— Да, разумеется. — Казалось, она специально демонстрирует свое глубочайшее безразличие. — Ты живешь у Фюрера в Бергхофе. Но только говори об этом почаще, чтобы никто, упаси господь, не позабыл.

Петер недоуменно насупил брови. Ее слова его удивили: он вроде и так не редко упоминает об этом? Порой ему даже казалось, что, возможно, так часто и не стоило бы.

— Так или иначе, я не про качество, — сказала Катарина. — Я про тип перьев. Бывают тонкие, средние, широкие. Или, если нужно что-то особенное, можно попробовать тонкие мягкие. Или есть еще «Фалькон». Или «Сатаб». Или «Корс». Или...

— Средние, — перебил Петер, который не любил выглядеть невеждой и решил, что такой вариант самый безопасный.

Она открыла деревянную коробку и взглянула на Петера:

— Сколько?

— Полдюжины.

Она кивнула и начала отсчитывать, а Петер оперся на прилавок, изображая непринужденность.

— Ты не мог бы не касаться стекла? — попросила Катарина. — А то я тут буквально пару минут назад протерла.

— Да, конечно, прости. — Он выпрямился. — Но, знаешь, руки у меня всегда чистые. Ведь я не кто-нибудь, а важный представитель «Гитлерюгенд». К личной гигиене у нас требования очень высокие.

— Постой-ка. — Катарина перестала отсчитывать перья и уставилась на него так, словно он принес ей благую весть. — Ты состоишь в «Гитлерюгенд»? Правда?

— Ну да, — недоуменно ответил он. — Ты каждый день видишь меня в школе в форме.

— Ой, Петер, — вздохнула она, качая головой.

— Но ты же *знаешь*, что я давным-давно в «Гитлерюгенд»! — вскричал он с досадой.

— Петер, — Катарина широко развела руками, показывая великое множество ручек и баночек в шкафу со стеклянными дверцами, — ты, кажется, просил чернила?

— Чернила?

— Да, ты говорил, что тебе нужны чернила.

— Ах да, конечно, — опомнился Петер. — Шесть баночек, пожалуйста.

— Какого цвета?

— Четыре черных и две красных.

Над дверью звякнул колокольчик; Петер обернулся. Вошел мужчина с тремя большими коробками. Катарина расписалась за товар, причем с посторонним мужчиной разговаривала намного дружелюбнее, чем с человеком, хорошо ей знакомым.

— Новые перья? — поинтересовался Петер, когда они снова остались одни, отчаянно пытаясь поддержать разговор. Оказывалось, что разговоры с девочками — наука сложная, куда сложнее, чем он думал.

— И бумага. И прочее.

— А нет никого, кто мог бы вам с этим помогать? — спросил он, наблюдая, как она относит коробки в угол и аккуратно составляет их там в стопку.

— Раньше был, точнее, была, — спокойно ответила Катарина, глядя ему прямо в глаза. — Когда-то у нас работала одна очень милая дама, ее звали Рут. Почти двадцать лет работала, если точно. Она была мне как вторая мать. Но ее с нами больше нет.

— Нет? — переспросил Петер. У него возникло чувство, будто его заманивают в ловушку. — А почему, что с ней случилось?

— Как знать? — сказала Катарина. — Ее забрали. И ее мужа тоже. И троих детей. И жену ее сына. И их двух деток. И с тех пор мы о них ничего не слышали. Рут любила авторучки с тонкими мягкими перьями. Но, если вдуматься, она была женщина изысканная, с хорошим вкусом. В отличие от некоторых.

Петер отвернулся к окну. Его бесило, что она обращается с ним так пренебрежительно, но и тянуло к ней неудержимо. В классе перед ним сидел один парень, Франц, и он недавно начал дружить с Гретхен Баффрил; всю прошлую неделю народ так и гудел про то, что они целовались на большой перемене. А Мартин Рензинг с месяц назад пригласил Ленье Халле на свадьбу своей старшей сестры, и по школе ходила фотография, где они под конец празднества танцуют и держатся за руки. Спрашивается, как Францу и Мартину это удалось и зачем Катарина все усложняет? Даже сейчас, глядя в окно, Петер видел незнакомых мальчика и девочку примерно их с Катариной возраста, они шли рядом и над чем-то смеялись. Мальчик присел на корточки и, чтобы позабавить подругу, изображал обезьяну, девочка хохотала. Чувствовалось, что им легко друг с другом. Петер не мог и представить, каково это, и его взяла досада.

— Евреи. — Он будто выплюнул это слово, обернувшись к Катарине. — В смысле, ваша Рут и ее семейка. Евреи, да?

— Да, — ответила Катарина, наклоняясь вперед. Верхняя пуговица на ее блузке почти расстегнулась, и Петер понял, что готов стоять и смотреть на это бесконечно, призывая легкий ветерок, который распахнул бы блузку, а весь мир вокруг пусть замрет в безмолвии и неподвижности.

— Ты хочешь побывать в Бергхофе? — спросил он чуть погодя, поднимая глаза и стараясь не помнить о ее грубости.

Она уставилась на него удивленно:

— Что?

— Я потому спрашиваю, что в эти выходные у нас праздник. День рождения фройляйн Браун, близкой подруги Фюрера. Приедет много важных людей. Вот я и подумал: вдруг тебе хочется ненадолго вырваться из повседневной рутины и взглянуть на это волнующее и грандиозное событие?

Катарина, вздернув бровь, усмехнулась.

— Нет, не думаю, — сказала она.

— Если дело в том, чтобы соблюсти приличия, то, разумеется, твой отец тоже может прийти, — добавил Петер.

— Нет, — повторила она. — Я просто не хочу, вот и все. Но спасибо за приглашение.

— Куда это может прийти твой отец? — Из задней комнаты появился герр Хольцманн, вытирая руки полотенцем, по которому расплывалось чернильное пятно в форме Италии. Он замер, увидев посетителя. В Берхтесгадене едва ли нашелся бы человек, не знающий, кто такой Петер.

— Добрый день. — Герр Хольцманн распрямил спину и выпятил грудь.

— Хайль Гитлер! — взревел Петер, щелкнув каблуками и отточенным движением вскинув руку.

Катарина испуганно вздрогнула и схватилась за сердце. Герр Хольцманн тоже отсалютовал, но отнюдь не так мастерски.

— Вот, возьми твои чернила и перья. — Катарина протянула Петеру сверток, и он отсчитал деньги. — До свидания.

— Так куда может пойти твой отец? — еще раз поинтересовался герр Хольцманн, вставая рядом с дочерью.

— Обершарфюрер Фишер, — вздохнув, ответила Катарина, — приглашает меня, точнее, нас, в эти выходные в Бергхоф на праздник. На день рождения.

— День рождения Фюрера? — Ее отец хищно распахнул глаза.

— Нет, — сказал Петер. — Его подруги. Фройляйн Браун.

— Но мы почли бы за честь! — вскричал герр Хольцманн.

— *Ты*, конечно, почел бы, — отозвалась Катарина. — У тебя ведь своей головы на плечах давно нет.

— Катарина! — одернул он и сурово посмотрел на дочь, а потом повернулся к Петеру: — Вы должны простить мою девочку, обершарфюрер. Она сначала говорит, а уж потом думает.

— Но я хотя бы *думаю*, — парировала та. — В отличие от тебя. Когда ты в последний раз высказывал собственное мнение по какому-нибудь вопросу, собственное, а не навязанное этими...

— *Катарина!* — багровея, рявкнул он. — Веди себя уважительно либо отправляйся в свою комнату! Простите, обершарфюрер, у моей дочери трудный возраст.

— Мы с ним одного возраста, — буркнула Катарина, и Петер с удивлением заметил, что она вся дрожит.

— Мы будем очень рады прийти, — сказал герр Хольцманн, наклоняя голову в знак благодарности.

— Папа, мы не можем. У нас магазин. Покупатели. И ты знаешь мое отношение к...

— Забудь ты о магазине, — ее отец повысил голос, — и о покупателях. Вообще обо всем забудь. Катарина, обершарфюрер оказал нам великую честь. — Он снова посмотрел на Петера: — В какое время явиться?

— В любое время после четырех, — ответил Петер несколько разочарованно: он надеялся, что герр Хольцманн откажется. Он бы предпочел видеть Катарину одну.

— Мы непременно придем. И вот, пожалуйста, примите обратно ваши деньги. Пусть это будет мой подарок Фюреру.

— Спасибо. — Петер улыбнулся. — Увидимся на празднике. Я буду с нетерпением ждать вас обоих. До свидания, Катарина.

Выйдя на улицу, он выдохнул с облегчением — дело сделано — и положил в карман деньги, которые вернул герр Хольцманн. Вовсе необязательно всем докладывать, что канцтовары достались ему бесплатно.

В день праздника в Бергхоф съехались наиважнейшие представители рейха, но в большинстве своем они не столько стремились поздравить Еву, сколько старались держаться подальше от Фюрера. Тот почти все утро провел, запершись у себя в кабинете с рейхсфюрером Гиммлером и министром пропаганды Йозефом Геббельсом, и по громкому крику, несшемуся из-за двери, было ясно, что хозяин недоволен. Петер знал из газет, что на войне все идет не слишком гладко. Италия переметнулась на сторону врага. У мыса Нордкап был потоплен линкор «Шарнхорст», один из главных боевых кораблей военно-морских сил Германии. Под русским Сталинградом случилась настоящая катастрофа. И еще последние несколько недель британцы без устали бомбили Берлин. Так что теперь, на приеме, офицерство явно радовалось предлогу повеселиться, а не оправдываться перед разъяренным Фюрером.

Гиммлер, в круглых очочках, что-то ел, откусывая по-крысиному мелко, и, словно подозревая, что все говорят исключительно о нем, пристально наблюдал за собравшимися, особенно за теми, кто беседовал с Фюрером. Геббельс, спрятав глаза за темными очками, сидел на террасе в садовом кресле и подставлял лицо солнцу. Петеру он казался скелетом, обтянутым кожей. Неподалеку стоял герр Шпеер, который уже несколько раз приезжал в Бергхоф с планами послевоенной перестройки Берлина, и весь вид архитектора говорил, что он сейчас предпочел бы оказаться где угодно, только не здесь. В воздухе висело напряжение, и Петер, время от времени посматривавший на Гитлера, понимал, что тот взвинчен и в любую минуту готов взорваться.

Петер не отрывал взгляда от горной дороги, ждал Катарину, которая обещала приехать, но четыре часа уже миновало, а она все не появлялась. Петер облачился в чистую форму и, рассчитывая поразить девочку в самое сердце, намазался лосьоном после бритья, позаимствованным в комнате Кемпки.

Ева суматошно перепархивала от одной группы людей к другой, принимала поздравления и подарки и, по обыкновению, почти не заметила Петера, даже когда взяла из его рук книгу «Волшебная гора», которую он купил на свои скудные сбережения.

— Ты умница, — сказала она, положила презент на столик и пошла дальше, а Петер живо себе представил, как книга будет долго валяться здесь непрочитанная, пока Герта не отнесет ее в библиотеку и не поставит в шкаф.

Петер был поглощен наблюдением за дорогой и гостями, особо его заинтересовала дама, расхаживавшая с кинокамерой, она направляла объектив на тех, кто привлек ее внимание, и просила сказать несколько слов. Люди, как бы оживленно ни болтали, под прицелом объектива тушевались и сниматься не хотели — отворачивались, закрывали лица руками. Иногда дама на минутку переводила камеру на дом или гору; Петеру ее действия казались загадочными. Она неожиданно втиснулась прямо между Геббельсом и Гиммлером, те прервали беседу и молча на нее уставились, она ретировалась и направилась в другую сторону. Увидела мальчика, в одиночестве смотревшего вниз на гору, подошла.

— Ты, случаем, не собираешься прыгнуть, нет? — поинтересовалась дама.

— Даже не думал о такой глупости, — ответил Петер. — С чего бы?

— Я пошутила, — сказала она. — Ты очень красивый в своем костюме.

— Это не костюм, — раздраженно бросил он. — Это форма.

— Ладно, ладно, не ершись, я просто хотела тебя поддразнить, — успокоила она. — Как тебя зовут?

— Петер. А вас?

— Лени.

— А это зачем? — спросил он, показывая на камеру.

— Снимаю кино.

— Для кого?

— Для тех, кто захочет смотреть.

— Вы, видимо, замужем за кем-то из них? — Он кивнул в сторону офицеров.

— Боже, нет! Они никем не интересуются, кроме самих себя.

Петер нахмурил брови.

— А где же ваш муж?

— У меня нет мужа. А что, ты желаешь сделать мне предложение?

— Ничего я не желаю.

— Ну, ты для меня в любом случае слишком молод. — Сколько тебе, четырнадцать?

— Вовсе нет, — сердито буркнул он. — И я не собираюсь делать вам никакого предложения, я просто задал вопрос, больше ничего.

— Вообще-то я выхожу замуж в этом месяце.

Петер отвернулся и посмотрел вниз, на дорогу.

— Что там такое интересное? — спросила Лени, проследив за его взглядом. — Ждешь кого-то?

— Нет, — соврал он. — Кого мне ждать? Все важные гости уже собрались.

— А можно я тебя сниму?

Петер мотнул головой.

— Я солдат, — сказал он, — а не актер.

— Ну, пока еще ты ни то и ни другое, — изрекла дама. — Ты просто мальчик, наряженный в форму. Но ты, без сомнения, хорош собой. На пленке будешь просто красавчик.

Петер посмотрел на нее. Он не привык к подобным разговорам, и ему все это крайне не нравилось. Она что, не понимает, с кем говорит? Он открыл рот, но не произнес и слова: на дороге из-за поворота показалась машина. Она приближалась, и Петер, увидев, кто там сидит, просиял, но быстро опомнился и снова насупился.

— Теперь понятно, чего ты ждал. — Лени подняла камеру и сняла подъезжающее авто. — Или, точнее, *кого*.

Ему захотелось вырвать камеру у нее из рук и швырнуть с горы, но он лишь пригладил китель, убедился, что выглядит опрятно, и пошел навстречу своим гостям.

— Герр Хольцманн, — он вежливо поклонился, — Катарина. Я очень рад, что вы нашли время приехать. Добро пожаловать в Бергхоф.

Прошло какое-то время. Петер вдруг понял, что давно не видел Катарину, направился в дом и обнаружил ее там, она разглядывала картины на стенах. Прием пока проходил не особенно успешно. Герр Хольцманн изо всех сил старался поддержать беседу с офицерами, но он был простак, и Петер понимал, что нацистскую элиту смешат его потуги сойти за своего. Фюрера герр Хольцманн явно боялся и чуть ли не шарахался от него. Петер презирал жалкого лавочника: взрослому мужчине не пристало вести себя в гостях как ребенок.

Впрочем, ему самому с Катариной приходилось еще труднее. Она не хотела даже притвориться, будто ей здесь нравится, и всем видом показывала, что хочет поскорее уйти. Когда ее представляли Фюреру, она держалась уважительно, но без благоговения, которого ожидал Петер.

— Так ты девушка нашего Петера? — спросил Фюрер, с легкой улыбкой ее оглядывая.

— Никоим образом, — ответила она. — Мы просто учимся в одном классе, вот и все.

— Но посмотрите же, он явно влюблен. — Ева, вдруг появившись рядом, тоже охотно взялась подтрунивать над Петером. — А мы и не знали, что он уже интересуется девочками.

— Катарина — мой друг, — твердо заявил Петер и отчаянно покраснел.

— Даже и не друг. — Катарина очаровательно улыбнулась.

— Это ты сейчас так говоришь, — возразил Фюрер, — но я-то вижу искру между вами. Еще чуть-чуть — и вспыхнет. Правильно я говорю... будущая фрау Фишер?

Катарина промолчала, но явно была вне себя от возмущения. Когда Фюрер с Евой отошли, Петер попытался вовлечь девочку в обсуждение некоторых общих знакомых по Берхтесгадену, их ровесников, но она отвечала скупо, видно твердо решив не делиться своим мнением. Потом он спросил, какая битва в этой войне у нее самая любимая. Катарина воззрилась на него как на сумасшедшего и сказала:

— Та, где погибло меньше всего людей.

Так оно и шло: он все пытался завести беседу, а она лишь огрызалась. Но, может, подумал он, это потому, что вокруг была толпа народа? Но теперь-то они одни в комнате, вдруг она станет приветливей?

— Тебе нравится прием? — спросил он и услышал:

— По-моему, он вообще никому не нравится.

Петер посмотрел на картину, которую она разглядывала.

— Я не знал, что ты любишь искусство.

— Ну... да. Люблю.

— Тогда вот эта картина должна тебе особенно понравиться.

Катарина покачала головой:

— Нет, это кошмар. — Она окинула взглядом другие картины. — Как, впрочем, и все здесь. Хотя, казалось бы, при такой власти, как у Фюрера, можно набрать из музеев чего-то получше.

Петер, в ужасе от ее слов, вытаращил глаза. И показал пальцем в правый нижний угол холста, на подпись художника.

— А-а. — Катарина мгновенно устыдилась и даже, кажется, занервничала: — Ну все равно, неважно. Какая разница, кто их написал. Они в любом случае плохие.

Он грубо схватил ее повыше локтя и потащил по коридору в свою комнату, втолкнул внутрь и с силой захлопнул дверь.

— Что ты делаешь? — спросила она, высвобождаясь.

— Защитить тебя хочу, вот что, — сказал он. — Здесь такое говорить нельзя, не понимаешь, что ли? Смотри доиграешься.

— Я же не знала, что это *он* написал. — Катарина всплеснула руками.

— Зато теперь знаешь. Так что в будущем, будь добра, постарайся держать язык за зубами и не болтай о том, в чем не разбираешься. И еще: хватит передо мной нос задирать. Я пригласил тебя в гости, причем в такое место, куда обычной девчонке ни в жизнь не попасть. Поэтому пора бы тебе проявить ко мне уважение.

Катарина смотрела на него, и он видел, что в ней зреет страх и она, несмотря на все усилия, не в силах его подавить. Петер толком не понимал, нравится ему это или нет.

— Не разговаривай так со мной, — тихо произнесла она.

— Прости. — Петер шагнул ближе. — Понимаешь, я за тебя волнуюсь. Я не хочу, чтобы ты пострадала.

— Ты меня даже не знаешь.

— Я знаю тебя много лет!

— Ты вообще меня не знаешь.

Он вздохнул:

— Может, и нет. Но хотел бы узнать. Если ты позволишь. — И провел пальцем по ее щеке.

Катарина попятилась к стене.

— Ты ужасно красивая, — прошептал он, сам удивляясь, что посмел это сказать.

— Прекрати, Петер. — Она попыталась отвернуться.

— Но почему? — Он чуть придвинулся и от запаха ее духов едва не сошел с ума. — Я хочу. — Ладонью повернув голову Катарины к себе, он потянулся ее поцеловать.

— Отстань. — Она оттолкнула его обеими руками, и он, пошатнувшись, отступил назад, задел стул и с изумленным лицом сел на пол.

— Чего ты? — Петер был сбит с толку.

— Держи свои руки от меня подальше, понял? — Катарина открыла дверь, но не уходила; повернулась и глядела, как он пытается встать. — Я ни за какие сокровища в мире не стану с тобой целоваться.

Он, не веря своим ушам, покачал головой:

— Ты что, не понимаешь, какая это для тебя честь? Не понимаешь, какой я здесь важный человек?

— Прекрасно понимаю, — ответила Катарина. — Ты — маленький мальчик в кожаных шортах, который ходит в магазин за перьями для авторучки Фюрера. Возможно ли это недооценивать?

— Я делаю и кое-что посерьезнее, — огрызнулся он, вставая и подходя к ней. — Не упрямься, позволь тебя приласкать.

Он опять потянулся к ней, но Катарина влепила ему пощечину и кольцом до крови расцарапала щеку. Он взвизгнул и, схватившись за лицо, с яростью в глазах надвинулся на нее и притиснул к стене.

— Да кто ты, по-твоему, такая? — Он стоял с ней практически нос к носу. — По-твоему, ты вправе мне отказывать? Да любая девушка в Германии убила бы за то, чтобы сейчас оказаться на твоем месте!

Он опять потянулся к ней губами, и сейчас, когда он прижимался к ней так тесно, она физически не могла отстраниться. Она боролась и отталкивала его, но Петер был намного сильнее. Его левая рука шарила по телу Катарины, девушка пыталась позвать на помощь, но его правая рука зажимала ей рот. Он чувствовал, как она слабеет под его натиском, и знал, что ей недолго еще сопротивляться, а дальше с ней можно делать что хочешь. Слабенький голосок в его голове просил: остановись. Второй, гораздо громче, подначивал: возьми свое.

И тут неведомая сила швырнула его вниз, и он, не успев понять, что происходит, оказался распростерт на полу, а кто-то сидел на нем и прижимал к его горлу мясницкий нож. Петер боялся сглотнуть: острие почти вонзалось в кожу.

— Еще хоть пальцем тронешь бедную девочку, — прошептала Эмма, — и я раскрою тебе глотку от уха до уха. И мне все равно, что со мной будет дальше. Ты меня понял, Петер? — Он молчал и только водил глазами, глядя то на кухарку, то на Катарину. — Скажи, что понял... скажи сейчас же — а не то помогай мне госпо...

— Да, я понял, — просипел он, и Эмма встала, а он остался лежать. Потер горло, проверил, нет ли на пальцах крови. Потом посмотрел вверх, вне себя от унижения; глаза его горели ненавистью.

— Ты совершила большую ошибку, Эмма, — тихо проговорил он.

— Не сомневаюсь. Но это ерунда по сравнению с ошибкой, которую совершила твоя тетка, когда решила взять тебя к себе. — Ее лицо неожиданно смягчилось. — Что с тобой сделалось, Петер? Когда ты сюда приехал, ты был такой милый мальчик. Неужто это и правда настолько просто — совратить невинную душу?

Петер молчал. Ему хотелось выругаться последними словами, обрушить свой гнев на нее, на них обеих — но что-то в ее взгляде, какая-то жалость пополам с презрением, заставило его вспомнить себя прежнего. Катарина плакала, и он отвернулся, мысленно приказывая им уйти, оставить его одного. Он больше не желал чувствовать на себе их взгляды.

И только когда шаги стихли в коридоре и он услышал, как Катарина говорит отцу, что пора ехать, он с трудом поднялся с пола. И не вернулся на праздник, нет. Он закрыл дверь в свою комнату, лег, весь дрожа, на кровать и, сам не зная почему, зарыдал.

Глава 3

Тьма и свет

В пустом доме стояла мертвая тишина. Рядом в горах пробуждались к жизни леса. Петер шел по двору, небрежно перекидывая в руках мячик, игрушку Блонди. Все кругом было погружено в безмятежность, и Петер с трудом мог представить, что совсем недалеко внизу прямо сейчас страшная война, за шесть лет истерзавшая, изорвавшая мир в клочья, сотрясается в предсмертной агонии.

Два месяца назад Петеру исполнилось шестнадцать и ему разрешили сменить форму «Гитлерюгенд» на повседневную солдатскую, серую. Он часто просил откомандировать его в какой-нибудь батальон, но Фюрер всякий раз отмахивался и говорил, что он слишком занят и ему некогда заниматься ерундовыми назначениями.

Петер находился в Бергхофе уже больше половины жизни и, думая о парижских знакомых своего детства, с огромным трудом вспоминал имена и лица.

До него доходили слухи насчет того, что по всей Европе творили с евреями, и он наконец понял, почему тетя Беатрис, когда он приехал сюда, так настаивала, чтобы он даже не упоминал о своем друге. Жив ли Аншель, гадал Петер, сумела ли мать увезти его в безопасное место? Взяли они с собой Д'Артаньяна или нет?

Представив рядом свою собаку, он швырнул мячик с горы и проследил, как тот сначала взмыл в воздух, а потом ухнул куда-то в самую гущу кустарников далеко внизу.

Глядя на горную дорогу, Петер думал о том, как Беатрис и Эрнст ночью привезли его, испуганного и несчастного, в новый дом и старались убедить, что здесь ему будет хорошо, здесь он будет в безопасности. Он закрыл глаза, будто пытаясь стереть из памяти картинку прошлого, и тряхнул головой — но только их судьбу и то, как он с ними поступил, нельзя было просто так взять да вытрясти. И Петер начинал это понимать.

Ведь были и другие. Эмма, кухарка, от которой в первые годы в Бергхофе он не видел ничего кроме добра. Но она унизила его на дне рождения Евы Браун, и он не мог оставить это безнаказанным. Он рассказал обо всем Фюреру, преуменьшив собственную вину и исказив слова Эммы так, чтобы выставить ее предательницей, и на следующий день кухарку забрали, не позволив даже собрать вещи. Куда ее отправляли, он не имел представления. Когда солдаты вели Эмму к машине, она тихо плакала. Сидела там на заднем сиденье, закрывая лицо руками, а потом ее увезли — вот последнее, что помнил о ней Петер. Анге вскоре ушла по собственному желанию. Осталась одна Герта.

Хольцманнов тоже вынудили покинуть Берхтесгаден, а магазин канцтоваров, которым долгие годы владел отец Катарины, закрыли и продали. Петер об этом не знал, но однажды, приехав в город и очутившись рядом, увидел заколоченные окна, а на двери — объявление о том, что здесь скоро будет бакалея. Петер спросил у хозяйки соседней лавки, что случилось с Хольцманнами; она, посмотрев на него без страха, покачала головой.

— Это ведь ты живешь там, наверху, да? — осведомилась она, указав подбородком на горы.

— Да, я, — ответил он.

— Тогда *ты* с ними и случился, — швырнула ему в лицо женщина.

Ему стало невероятно стыдно, так стыдно, что язык будто прилип к небу, и он удалился, не сказав ни слова. Ужас заключался в том, что его терзали угрызения совести, а каяться было не перед кем. Он поступил с Катариной очень плохо, но надеялся, что она позволит ему все объяснить и попросить прощения или даже, если ей не будет совсем противно, выслушает его рассказ о жизни, которую он вел, о вещах, которые он видел и делал. И тогда, быть может, смилостивится хоть немножко.

Но поздно — Катарины нет, и слушать его некому.

Два месяца назад Фюрер в последний раз приезжал в Бергхоф. Он казался тенью себя прежнего. Исчезли, словно и не бывало, его фантастическая уверенность в себе, властность, нерушимая вера в собственное предназначение, в судьбу своей страны. Теперь этот злобный человечек, терзаемый параноидальным страхом, мелко дрожа, бродил по коридорам и что-то бормотал себе под нос, а при малейшем шуме впадал в бешенство. Однажды он переколотил почти все у себя в кабинете, в другой раз залепил Петеру оплеуху, когда тот вошел и спросил, не принести ли чего-нибудь. Фюрер до глубокой ночи не ложился спать и все бубнил и бубнил шепотом, проклиная своих генералов, проклиная русского медведя, бриташек и америкашек, проклиная всех, кто, с его точки зрения, был виновен в его падении. Всех решительно, кроме себя.

С Петером Фюрер даже не попрощался. Однажды утром в дом явилась группа офицеров СС, они заперлись в кабинете Гитлера и долго беседовали. Потом он выскочил оттуда с гневными криками, выбежал во двор, с размаху плюхнулся на заднее сиденье своего автомобиля и завопил Кемпке, чтобы тот поскорее увез его прочь с проклятой горы, увез навсегда, куда угодно, куда глаза глядят. Машина рванула с места, и Еве пришлось бежать за хозяином. Такой и запомнил ее Петер: она несется вдогонку с горы, размахивает руками и кричит, и голубое платье полощется на ветру, и она вслед за автомобилем исчезает за поворотом.

Солдаты тоже вскоре исчезли. В доме осталась одна Герта, но как-то утром Петер увидел, что и та собирает вещи.

— Куда ты поедешь? — спросил Петер, стоя в дверях ее комнаты, и она, обернувшись, пожала плечами:

— К себе в Вену, наверное. У меня там мать. Во всяком случае, я на это надеюсь. Не знаю, правда, ходят ли поезда, но уж доберусь как-нибудь.

— А что ты ей скажешь?

— Ничего. Я никогда и никому не расскажу о Бергхофе. И тебе, Петер, если ты умный, советую тоже молчать. Беги, пока не пришли войска. Ты еще молодой. Людям необязательно знать, какие ужасные вещи ты творил. *Мы все* творили.

Эти слова были для него как выстрел в сердце; его потрясло, с какой абсолютной убежденностью она назвала их обоих преступниками. Герта собралась выйти из комнаты, но он задержал ее, схватил за руку и, вспоминая, как познакомился с ней девять лет назад и как боялся, что она увидит его голым в ванне, зашептал:

— А нас простят, Герта? Газеты... там теперь такое пишут... Меня простят?

Она аккуратно убрала его руку со своего локтя.

— Думаешь, я не знала, какие планы они вынашивали у нас на горе? — сказала она. — И что они обсуждали у Фюрера в кабинете? Нет нам прощения и не будет, никому и никогда.

— Но я же был маленький, — умоляюще произнес Петер. — Я ничего не знал. Не понимал.

Герта покачала головой.

— Посмотри на меня, Петер, — она обхватила его лицо ладонями, — посмотри на меня. (Он посмотрел; в его глазах стояли слезы.) Ты, главное, не вздумай притворяться, будто не понимал, что здесь творится. У тебя есть глаза и есть уши. Ты столько раз сидел у него в комнате, сидел и записывал. Ты все слышал. Ты все видел. Ты все знал. И тебе очень хорошо известно, в чем виноват ты лично. — Она помедлила, но продолжила, потому что не могла этого не сказать: — На твоей совести смерть других людей. Но ты еще молодой, тебе всего шестнадцать, впереди много лет, чтобы как следует осознать, в чем ты участвовал. Только никогда не говори «я не знал». — Она отпустила его. — Вот это уж точно будет преступление хуже некуда.

Она взяла чемодан и направилась к выходу, Петер смотрел ей вслед. Солнечный свет, который так и рвался в дом из-за деревьев, точно встречал ее.

— Как ты доберешься вниз? — крикнул он ей в спину, ему ужасно не хотелось оставаться одному. — Здесь же никого нет. И машины нет, и отвезти тебя некому.

— Пешком дойду, — бросила она через плечо и исчезла.

Газеты продолжали доставлять. Местные почтальоны боялись: а вдруг Фюрер все-таки вернется и обрушит на них свой гнев? Кое-кто еще верил, что войну можно выиграть, другие были готовы взглянуть в глаза реальности. В городке Петер слышал, что Фюрер и Ева спрятались в тайном берлинском бункере вместе с верхушкой Национал-социалистической партии и планируют триумфальное возращение к власти, придумывают, как стать сильнее прежнего и окончательно, безоговорочно победить. И опять же, кто-то этому верил, а кто-то нет. Но газеты все еще приходили.

Увидев, что последние военные готовятся покинуть Берхтесгаден, Петер подошел к ним и спросил, как ему теперь быть, куда идти.

— Ты ведь, кажется, носишь форму, а? — ответил, смерив его взглядом, один солдат. — Может, пора бы уже и повоевать?

Его товарищ фыркнул:

— Петер воевать не умеет, он умеет только наряжаться.

Они засмеялись, потешаясь над ним, и он, глядя вслед их машинам, сполна прочувствовал свое унижение.

И вот маленький мальчик в коротких штанишках, которого когда-то привезли на гору, взошел на нее в последний раз.

Петер стоял и не понимал, что делать. Из газет ему было известно, что войска союзников добрались до самого сердца Германии, и он гадал, когда враг явится сюда, за ним. В конце месяца над Оберзальцбергом пролетел самолет, британский бомбардировщик «Ланкастер», и сбросил на горный склон две бомбы. Бергхоф уцелел, но взрывами выбило почти все окна. Петер прятался в доме, в кабинете Фюрера. Когда стекла вдруг взорвались и сотни мелких осколков полетели ему в лицо, он, вереща от ужаса, бросился на пол. И лежал, пока гул самолетов не стих окончательно, и лишь затем осмелился встать и пройти в ванную, навстречу своему окровавленному отражению в зеркале. До самого вечера Петер вытаскивал впившиеся осколки, с тревогой думая, не останутся ли шрамы навсегда.

Последнюю газету принесли второго мая, и заголовок передовицы сообщил Петеру все, что требовалось знать. Фюрер был мертв. Геббельс, жуткий человек-скелет, тоже: отравился вместе с женой и детьми. Ева раскусила капсулу с цианидом, а Гитлер выстрелил себе в голову. Самое ужасное, что перед приемом цианида Фюрер решил проверить его, убедиться, что яд действует. Он не хотел, чтобы Ева осталась корчиться в агонии и попала в лапы врагу. Он желал ей мгновенной, легкой смерти. А потому испытал капсулу на Блонди. И яд сработал, быстро и эффективно.

Петер, прочитав об этом, почти ничего не почувствовал. Он стоял перед Бергхофом и смотрел на горные пейзажи окрест. Глянул вниз, на Берхтесгаден, потом вдаль, в сторону Мюнхена, и вспомнил поезд, где впервые встретил парней из «Гитлерюгенда». И, наконец, он обратил взор к Парижу — городу, где родился, и от которого, в своем стремлении к силе и властности, отказался. Петер вдруг осознал, что он давным-давно уже не француз. Но и не немец. Он — пустое место, ничто. У него нет дома, нет семьи, да он их и не заслуживает.

Может, остаться здесь навсегда? Жить, скрываясь в горах, как отшельник, питаться тем, что найдет в лесу? И больше никогда-никогда не видеть людей. Пускай живут себе там, внизу, своей страшной жизнью, думал он. Дерутся друг с другом, воюют, стреляют, убивают. Лишь бы его оставили в покое. Лишь бы ему никогда и ни с кем не пришлось разговаривать, оправдываться, объясняться. Лишь бы никто не смог заглянуть ему в глаза и увидеть то, что он совершал, и понять, в кого он превратился.

В тот день казалось, что это замечательный выход из положения.

Но вскоре пришли солдаты.

Было четвертое мая, почти вечер. Петер кидал камешки, пытаясь сбить с подставки консервную банку. Над горой Оберзальцберг стояла тишина, но вдруг от подножия пополз рокот, который становился все громче и явственней. Петер посмотрел вниз: по дороге поднимались войска, и не немецкие, а, судя по форме, американские. Они шли за ним.

Он хотел броситься в лес, но бежать было незачем и некуда. Выбора не оставалось. Только ждать.

Петер вернулся в дом и сел в гостиной, но солдаты приближались, и он запаниковал, выскочил в коридор и начал искать, куда спрятаться. В чулан со швабрами толком нельзя было поместиться, но Петер все-таки втиснулся и плотно прикрыл за собой дверь. Над головой висел короткий шнурок, он дернул, и каморку залило светом. Одни лишь старые тряпки, щетки и совки, вот только в спину что-то впивалось. Петер пошарил сзади. Достал — и с удивлением увидел книгу, которую кто-то сюда забросил. Он перевернул ее и прочел заглавие. «Эмиль и сыщики». Петер снова дернул за шнурок, обрекая себя на тьму.

Дом наполнился голосами, грохотом солдатских сапог. Люди входили, перекрикиваясь на непонятном языке, смеялись и восторженно ахали, заглядывая в комнаты — Петера, Фюрера, служанок. И туда, где когда-то жила тетя Беатрис. Слышно было, как откупориваются бутылки, как выскакивают из горлышек пробки. Потом две пары сапог направились по коридору к чулану.

Прямо за дверью голос что-то сказал по-английски. Петер хотел придержать дверь, но замешкался, и она распахнулась. В каморку хлынул яркий свет; глаза сами собой зажмурились.

Солдаты вскрикнули и, судя по звуку, взвели затворы и направили на него винтовки. Он тоже вскрикнул, и через мгновение четверо, шестеро, десятеро, двенадцать, весь отряд уже был рядом и целился в мальчика, прячущегося во тьме.

— Не стреляйте, — взмолился Петер, сжавшись в комок, закрыв голову руками, отчаянно желая сделаться совсем-совсем крошечным и вовсе исчезнуть. — Пожалуйста, не стреляйте.

Больше он ничего не успел сказать, потому что великое множество рук окунулось во тьму и выволокло его на свет.

Эпилог

Мальчик без приюта

Петер столько лет провел на вершине горы Оберзальцберг почти в полной изоляции, что с трудом привыкал к существованию в лагере «Голден Майл» под Ремагеном, куда его отправили сразу после поимки и где сообщили, что он не военнопленный, поскольку официально война закончилась, а представитель «разоруженных сил противника».

— А в чем разница? — спросил мужчина, стоявший в шеренге рядом с Петером.

— В том, что мы не обязаны соблюдать Женевскую конвенцию, вот в чем, — ответил охранник-американец и, сплюнув на землю, достал из кармана кителя пачку сигарет. — Так что легкой жизни, фриц, здесь не жди.

Петер попал в заключение вместе еще с четвертью миллиона немецких солдат и буквально в последний миг перед входом на территорию решил ни с кем не разговаривать, а прикинуться немым и объясняться теми немногими символами на языке жестов, которые он помнил с детства. План удался: скоро к нему не только перестали обращаться, но даже и не смотрели в его сторону. Петера как будто бы не существовало вовсе. Чего, собственно, он и хотел.

В его подразделении лагеря содержалось больше тысячи человек, начиная от офицеров вермахта, все еще сохранявших определенную власть над низшими по званию, и заканчивая ребятами из «Гитлерюгенда» даже моложе Петера, хотя, конечно, совсем маленьких освободили в первые несколько дней. В бараке, где он спал, жило двести человек, а коек хватало только на пятьдесят, поэтому практически каждую ночь Петеру приходилось искать место у стены, где можно прикорнуть, положив под голову свернутый китель, и, если повезет, вздремнуть пару-тройку часов.

Кое-кого из военных, особенно старших чинов, допрашивали, выясняя, чем они занимались на войне; у Петера, схваченного в Бергхофе, тоже несколько раз пытались выведать, что за обязанности он там исполнял. Он упорно притворялся немым и честно писал в блокноте о том, почему был вынужден переехать из Парижа в Бергхоф под опеку своей тетки. Начальство лагеря присылало новых и новых дознавателей, надеясь, что те найдут нестыковки в его показаниях, но, поскольку он говорил правду, его не сумели ни на чем поймать.

— А твоя тетя? — спросил один офицер. — Она что? Ее не было в доме, когда тебя взяли.

Петер занес ручку над блокнотом и попытался унять дрожь в руке. «Она умерла», — написал он и передал блокнот мужчине, не в силах поглядеть ему в глаза.

Порой среди заключенных вспыхивали конфликты. Кто-то сносил горечь поражения стоически, другим это удавалось хуже. Однажды вечером мужчина, которого Петер отличал по серой шерстяной, надетой чуть набок фуражке люфтваффе, принялся поносить Национал-социалистическую партию, особенно не щадя Фюрера, и какой-то офицер вермахта подскочил к нему, ударил по лицу перчаткой, назвал предателем и сказал, что, дескать, именно из-за таких немцы проиграли войну. Они минут десять катались по полу, мутузили и пинали друг друга, а остальные, обступив их, подначивали, возбужденные дракой, — все было лучше, чем уныние и скука, царившие в «Голден Майл». Кончилось тем, что пехотинец проиграл летчику, и это разделило обитателей барака на две группировки, но дуэлянты оказались до того покалечены, что наутро оба куда-то пропали, и Петер больше ни разу их не видел.

В другой день ему случилось прокрасться на кухню, когда никого из охраны рядом не было. Он стянул кусок хлеба, под рубашкой пронес его в барак и откусывал по крошке весь день. Живот восторженно урчал, радуясь нежданному пиршеству, но съесть удалось всего полкуска: некий обер-лейтенант, чуть старше Петера, заметил, чем тот занят, и отобрал хлеб. Петер пробовал отбиваться, но соперник оказался сильнее, поэтому, поборовшись, бывший любимец Фюрера сдался и ретировался, как животное, запертое в клетке вместе с более агрессивной особью. Он забился в угол и попытался выбросить из головы все мысли. Полная пустота внутри, вот чего он жаждал. Пустоты и забвения.

Иногда в лагерь попадали англоязычные газеты. Их передавали из барака в барак, и те, кто понимал язык, переводили остальным, что там написано, рассказывали о последних событиях в побеждённой Германии. Так Петер узнал многое. Архитектора Альберта Шпеера посадили в тюрьму; Лени Рифеншталь, дама, которая снимала его на киноплёнку в Бергхофе на дне рождения Евы, заявила, что понятия не имела о преступлениях нацистов, но тем не менее кочевала по лагерям для интернированных, и американским, и французским. Оберштурмбанфюрер, который на вокзале в Мангейме хотел сапогом отдавить Петеру пальцы, а через несколько лет приезжал в Бергхоф с загипсованной рукой, чтобы получить назначение заведовать новым лагерем смерти, был схвачен союзными войсками и сдался без сопротивления. Об архитекторе герре Бишоффе, спроектировавшем концлагерь в так называемой зоне интереса, сведений не имелось. Зато Петер слышал, что в Аушвице, Берген-Бельзене и Дахау, в Бухенвальде и Равенсбрюке и вообще повсеместно — далеко на востоке в хорватском Ясеноваце, на севере в норвежском Бредтвете и на юге в сербском Саймиште — открываются ворота страшных узилищ и заключенные, потерявшие родителей, детей, братьев, сестер, всех родственников, выходят на свободу и возвращаются в свои разрушенные дома. Мир узнавал все новые подробности того, что творилось в концентрационных лагерях, и Петер, внимательно следя за новостями и силясь постичь ту чудовищную жестокость, частью которой был и он, чувствовал, как безнадежно мертвеет его душа. Когда он не мог заснуть, что случалось нередко, то лежал, глядя в потолок, и думал: *я в ответе.*

А потом в одно прекрасное утро его вдруг взяли и отпустили. Примерно пятьсот мужчин вывели во двор и сообщили, что они могут возвращаться к своим семьям. Все смотрели настороженно, словно чуя подвох, и к воротам шагали опасливо. Лишь отойдя от лагеря на пару миль и убедившись, что их никто не преследует, они мало-помалу начали успокаиваться и в замешательстве поглядывать друг на друга. Внезапно обретши свободу после стольких лет в армии, они недоумевали: «И что теперь делать?»

В дальнейшем Петер много лет кочевал с места на место, и повсюду, и в городах, и в людях, видел разрушения, оставленные войной. Из Ремагена он направился на север, в Кельн, и поразился тому, как сильно пострадал город под бомбежками Королевских военно-воздушных сил Великобритании. Куда ни повернись, везде развалины домов, и по улицам не пройти. Зато огромный собор в самом сердце Домклостера выстоял, пережив более десятка авиаударов. Из Кельна Петер переместился на запад, в Антверпен, и там нашел работу в оживленном порту, широко раскинувшемся вдоль побережья, и поселился в чердачной комнате с видом на реку Шельде.

У него появился друг, что было удивительно, поскольку среди рабочих в доке он числился дикарем, но этот друг — Даниэль, ровесник Петера — тоже был одиночка и несколько странноват. Он и в жаркие дни, когда другие расхаживали по пояс голыми, не снимал рубашки с длинными рукавами, и его дразнили, говорили, что такому скромнику подружки ни в жисть не найти.

Иногда новоявленные приятели вместе обедали или ходили выпить, но Даниэль, совсем как Петер, упорно молчал о том, что ему пришлось пережить в войну.

Как-то поздно вечером в баре Даниэль сказал, что сегодня его родители праздновали бы тридцатую годовщину свадьбы.

— Праздновали бы? — переспросил Петер.

— Они умерли, — почти прошептал Даниэль.

— Прости.

— Сестра тоже, — признался Даниэль, пальцем пытаясь стереть со стола невидимое пятно. — И брат.

Петер ничего не сказал, но сразу догадался, почему Даниэль всегда ходит с длинными рукавами и не снимает рубашки. Под этими рукавами, он знал, скрывается вытатуированный на коже номер, и Даниэль, который и так едва в состоянии жить из-за того, что случилось с его семьей, не хочет лишний раз видеть это чудовищное несмываемое напоминание.

На следующий день Петер сообщил хозяину в письме, что увольняется с верфи, и, ни с кем не попрощавшись, снова пустился в путь.

Он сел в поезд, который шел на север, в Амстердам, и прожил там следующие шесть лет, полностью поменяв жизнь — получил диплом учителя и нашел место в школе недалеко от вокзала. Он никогда не говорил о своем прошлом, у него было очень мало знакомых помимо коллег, и почти все свободное время он проводил в одиночестве, сидя у себя в комнате.

Как-то в воскресенье вечером, прогуливаясь по Вестерпарку, он уселся под деревом послушать скрипача и тотчас перенесся в свое парижское детство — в те беззаботные дни, когда отец водил его гулять в сад Тюильри. Вокруг музыканта собралась толпа слушателей, и когда он сделал перерыв, чтобы натереть смычок куском канифоли, молодая женщина бросила горсть монет в шляпу, лежавшую на земле. Обернувшись, женщина случайно встретилась взглядом с Петером, и у того скрутило живот. Они не виделись много лет, но он узнал ее сразу и понял, что она тоже узнала его. Он хорошо помнил, чем закончилась их последняя встреча. Рыдая, она выбежала из его комнаты в Бергхофе, блузка ее была разорвана на плече, им разорвана — до того, как Эмма повалила его на пол. Безо всякого страха женщина подошла и встала перед ним — еще красивее, чем казалась ему в юности. Она ни на миг не отводила взгляда, просто смотрела так, словно никакие слова не нужны, и это вдруг стало невыносимо, и Петер уставился в землю. Он надеялся, что она уйдет, но нет, она стояла и стояла, и он, осмелившись глянуть на нее еще раз, увидел в ее лице столько презрения, что ему захотелось исчезнуть, раствориться бесследно в воздухе. Он молча развернулся и побрел прочь, к себе на квартиру.

В конце недели он подал заявление об уходе, осознав: пора сделать то, что он так долго откладывал.

Пора вернуться домой.

Оказавшись во Франции, он первым делом отправился в Орлеан, в приют, но выяснилось, что от дома остались почти одни руины. Во время оккупации немцы, вышвырнув детей на улицу, устроили здесь свою штаб-квартиру. А когда стало ясно, что война проиграна, они бежали, перед тем подорвав особняк в нескольких местах, но стены были крепкие и обвалились лишь частично. На восстановление требовались немалые деньги, и пока никто еще не вызвался заново отстроить это здание, бывшую тихую гавань для многих и многих детей-сирот.

Петер разыскал чудом уцелевший кабинет, где много лет назад познакомился с сестрами Дюран, хотел посмотреть, на месте ли шкаф с медалью их брата, но шкаф исчез, как и сами сестры.

Зато в военной регистратуре Петер выведал, что Уго, который так ужасно его третировал, умер героем. Подростком Уго участвовал в Сопротивлении, выполнял опасные задания и спасал жизни соотечественникам, пока все же не попался. Он подкладывал бомбу под родной приют в день визита важного немецкого генерала, его схватили и поставили к стенке, и он, по слухам, отказался от повязки на глаза и смело стоял под прицелом ружей. И, даже падая, смотрел в лицо своим палачам.

О Жозетт не удалось узнать ничего. Очередной ребенок, пропавший в войну. Петер смирился, что ее судьба так и останется для него тайной.

Приехав наконец обратно в Париж, он всю первую ночь потратил на сочинение письма некой женщине в Лейпциге. Он детально рассказал о том, что сделал в одно далекое Рождество, когда был еще мальчиком, и подчеркнул, что не рассчитывает на прощение, ибо оно невозможно, но все-таки хочет выразить, как бесконечно глубоко его сожаление.

От сестры Эрнста пришел простой вежливый ответ. Она писала, что раньше невероятно гордилась братом, ставшим шофером великого Адольфа Гитлера, и теперь страдает, что своей попыткой убить Фюрера Эрнст запятнал безупречное имя их семьи.

«Вы сделали то, что сделал бы любой патриот». Прочитав это, Петер был ошарашен, но осознал, что хотя времена изменились, однако некоторые идеи останутся жить в веках.

Спустя несколько недель он прогуливался по Монмартру и, очутившись у книжного магазинчика, остановился возле витрины. Он уже много лет не читал романов — последним был «Эмиль и сыщики», — но кое-что привлекло его внимание, и он вошел, взял книгу со стенда и перевернул, чтобы увидеть фотографию автора на задней обложке.

Автором был Аншель Бронштейн, мальчик, который в детстве жил в квартире под ним на первом этаже. Конечно, сообразил Петер, Аншель ведь собирался стать писателем. Что же, очевидно, его мечты сбылись.

Петер купил книгу и прочел ее за два вечера, а потом отправился в издательство, назвался старым другом Аншеля и сказал, что очень хотел бы с ним связаться. Ему дали адрес и сообщили, что он, вероятно, сможет застать писателя у себя, поскольку мсье Бронштейн во второй половине дня всегда дома, пишет.

Квартира была недалеко, но Петер брел медленно — боялся того, как его примут. Он не знал, захочет ли Аншель слушать историю его жизни, стерпит ли это все, но понимал, что попытаться обязан. Он первый перестал отвечать на письма, он вычеркнул Аншеля из друзей, он потребовал ему не писать. Петер постучал в дверь, сильно сомневаясь, что его вспомнят.

Разумеется, я вспомнил его сразу.

Обычно я не люблю, когда меня отрывают от работы. Писать книгу не так-то просто, здесь необходимо время и терпение, и даже минутная помеха способна сбить с мысли, тогда насмарку все, что было плодом долгих размышлений. В тот день я трудился над одной очень важной сценой и взбесился, что меня прерывают, но уже через секунду я узнал человека, который стоял на пороге и смотрел на меня. Прошли годы — не слишком милосердные к нам обоим, — но я узнал бы его повсюду.

Пьеро, показал я, сложив пальцы в символ собаки, доброй и верной; так я окрестил его в детстве.

Аншель, ответил он знаком лисы.

Мы целую вечность глядели друг на друга, а затем я шагнул назад и распахнул дверь, приглашая его войти. В кабинете он сел напротив меня и стал рассматривать фотографии на стенах. Тут была моя мама, от которой я спрятался, когда солдаты согнали в кучу всех евреев с нашей улицы, и которую в последний раз видел, когда ее запихивали в грузовик вместе со многими нашими соседями. Был и Д'Артаньян, его пес, мой пес; этот песик хотел загрызть фашиста, схватившего маму, и был застрелен за свой героизм. Была и семья, приютившая меня и спрятавшая. И даже, несмотря на невероятные сложности, выдавшая меня за собственного ребенка.

Мой гость долго ничего не говорил, и я решил дождаться, когда он соберется с духом. Наконец он признался, что хочет рассказать мне одну историю. Историю мальчика, который родился добрым и честным, но которого испортила тяга к власти. Этот мальчик совершил преступления и будет страшно раскаиваться до конца дней; он погубил людей, любивших его, и, пусть не своими руками, убил тех, от кого не видел ничего кроме добра; он пожертвовал даже собственным именем и теперь потратит, наверное, всю жизнь, пытаясь снова заслужить право его носить. А в целом это история мужчины, который надеется хоть как-то исправить то, что он совершил, и который навсегда запомнил слова служанки Герты: *«Главное, никогда не говори "я не знал". Вот это уж точно будет преступление хуже некуда».*

Помнишь, как мы были детьми? — спросил он. — *Я тоже хотел рассказывать истории, но не мог их записать. У меня были мысли, но только ты умел подобрать слова. И говорил, что хотя это написал ты, но рассказ все равно мой.*

Помню, — сказал я.

А нельзя нам опять стать детьми, а?

Я покачал головой и улыбнулся.

Вряд ли, слишком много всего произошло. Но ты, безусловно, можешь рассказать мне все, что случилось после твоего отъезда из Парижа. А там посмотрим.

Это очень долгая история, — предупредил Пьеро, — *и когда ты ее выслушаешь, то, скорее всего, запрезираешь меня или даже захочешь убить, но я все равно расскажу, а уж ты дальше делай что хочешь. Может, ты напишешь об этом книгу. А может, постараешься скорее обо всем забыть.*

Я прошел к письменному столу и отодвинул в сторону свой роман. Ведь это, в конце концов, полная ерунда в сравнении с историей Пьеро; к роману я всегда смогу вернуться потом, когда выслушаю все, что он решит поведать.

Я достал из шкафа чистый блокнот, взял авторучку, повернулся к своему старому другу и единственным данным мне голосом — моими руками — сказал три простых слова, которые, я знал, он поймет.

Ну что, начнем?

Оглавление

Часть 1. 1936

Глава 1
Три красных пятнышка на носовом платке 9

Глава 2
Медаль в шкафу 33

Глава 3
Письмо от друга и письмо от незнакомки 55

Глава 4
Путешествие на трех поездах 74

Глава 5
Дом на вершине горы 98

Глава 6
Поменьше француза, побольше немца 115

Глава 7
Гул ночного кошмара 140

Часть 2. 1937—1941

Глава 1
Сверток в коричневой бумаге 163

Глава 2
Сапожник, солдат, король 190

Глава 3
Веселое Рождество в Бергхофе 219

Часть 3. 1942—1945

Глава 1
Спецпроект 253

Глава 2
День рождения Евы 276

Глава 3
Тьма и свет 302

Эпилог
Мальчик без приюта 316

Литературно-художественное издание

Джон Бойн

МАЛЬЧИК НА ВЕРШИНЕ ГОРЫ

Роман

Перевод	*Мария Спивак*
Редактор	*Игорь Алюков*
Корректоры	*Ольга Андрюхина,* *Ирина Белякова*
Компьютерная верстка	*Евгений Данилов*
Художник	*Елена Сергеева*
Директор издательства	*Алла Штейнман*

Подписано в печать 08.02.22 г. Формат 70×100/32.
Печать офсетная. Усл. изд. л. 13,61. Заказ № 2200690.
Тираж 5000 экз. Бумага офсетная.

Издательство «Фантом Пресс»:
Лицензия на издательскую деятельность код 221
серия ИД № 00378 от 01.11.99 г.
127015, Москва, ул. Новодмитровская, д. 5А, 1700
Тел. (495) 787-34-63
Электронная почта: phantom@phantom-press.ru

arvato
BERTELSMANN
Supply Chain Solutions

Отпечатано в полном соответствии с качеством
предоставленного электронного оригинал-макета
в ООО «Ярославский полиграфический комбинат»
150049, Россия, Ярославль, ул. Свободы, 97

По вопросам реализации книг издательства
обращаться по тел./факсу (495) 787-36-41.

ISBN 978-5-86471-716-5